शरद जोशी

"लिखना मेरे लिए जीवन जीने की तरकीब है। इतना लिख लेने के बाद अपने लिखे को देख मैं सिर्फ यही कह पाता हूँ कि चलो, इतने बरस जी लिया। यह न होता तो इसका क्या विकल्प होता, अब सोचना कठिन है। लेखन मेरा निजी उद्देश्य है"

तिलस्म

शरद जोशी

राजपाल

ISBN : 978-9350-64-183-5

संस्करण : 2013 © इरफाना जोशी

TILIASM by Sharad Joshi

राजपाल एण्ड सन्ज़

1590, मदरसा रोड, कश्मीरी गेट-दिल्ली-110006

फोन : 011-23869812, 23865483, फैक्स : 011-23867791

website : www.rajpalpublishing.com

e-mail : sales@rajpalpublishing.com

प्रिय राजेन्द्र माथुर को

*

क्रम

***

तिलस्म :: 9

अतृप्त आत्माओं की रेल-यात्रा :: 16

यमदूत और नर्स :: 26

मुद्रिका-रहस्य :: 38

बुद्ध के दाँत :: 55

हिटलर और आँचू तम्बाखूवाला :: 66

भगवान और मुर्गा :: 82

वर्जीनिया वुल्फ से सब डरते हैं :: 91

पुलिया पर बैठा आदमी :: 99

सारी बहस से गुज़र कर :: 104

कैसा जादू डाला :: 109

एक बैले की तैयारी :: 114

चाँद पर :: 118

प्रेम-कथा : प्रपत्र शैली :: 126

तिलस्म

***

भगवान भास्कर अपनी किरणों को समेटकर अस्ताचलगामी हो चुके थे और खूबसूरत चिड़ियाँ गाती हुई दिल पर बेढब असर डाल रही थीं। इस समय शहर से दूर झरने की ओर जानेवाली सड़क पर एक जवान तेज़ी से चला जा रहा था। चलते-चलते वह चौंककर आसपास देख लेता था। उसके चेहरे पर फिक्र और तरद्दुद के निशान थे और उसकी गरदन झुकी हुई थी। अभी हम पाठकों को इस शख्स का नाम नहीं बताते हैं और उसके पीछे चलकर देखते हैं कि आखिर वह कहाँ जाता है। कुछ ही दूर चलकर वह दाहिने को मुड़ता है। तीस-चालीस कदम बाद एक ऐसी चौमुहानी पर पहुँचता है, जिसके बीच में एक चबूतरा बना है। चबूतरे के बीच एक पेड़ लगा है और चबूतरे पर लगे एक पत्थर पर काले अक्षरों में एक इबारत लिखी हुई है। चबूतरे के चारों तरफ घूमकर देखनेवाला इस पत्थर को बखूबी देख सकता है और इबारत पढ़ सकता है। इबारत में पेड़ लगानेवाले का नाम और समय दिया हुआ है। इस चौमुहानी के आसपास बहुत सारे मकान हैं और उन तक पहुँचने के लिए रास्ते बने हुए हैं। सारे मकान एक जैसे हैं, जिन्हें देख अनजान आदमी ताज्जुब में पड़ जाता है। किसी ऐयार या होशियार शख्स के लिए, जो मकानों पर लिखी संख्याएँ पहचानता है, यहाँ कोई तकलीफ नहीं पड़ती।

वह नौजवान शायद यहीं का रहनेवाला है या इस बस्ती में कई बार आ-जा चुका है, इसलिए वह सीधा एक खास मकान की तरफ बढ़ता है। मकान क्या, इसे छोटा-मोटा तिलस्म कहिए। आइए देखें, यह शख्स इसमें क्यों जा रहा है और

कैसे जाता है। दस कदम कच्चा रास्ता चलने के बाद वह एक गलियारे में घुसता है। गलियारा पक्का है और यहाँ रोशनी भी काफी है। गलियारे के आखिर में चार दरवाज़े हैं जो सभी बन्द हैं। ये दरवाज़े अलग-अलग मकानों में जाने के लिए हैं, मगर अक्सर बन्द रहते हैं, क्योंकि मकान के रहनेवाले अपने लिए दूसरे दरवाज़ों का इस्तेमाल करते हैं। इस समय भी दरवाज़े बन्द हैं। दरवाज़े के सामने एक सीढ़ी है, जो ऊपर को चली गई है। कुछ ही सीढ़ियों के बाद फिर सीढ़ी विपरीत दिशा में मुड़ जाती है। यहाँ हवा और प्रकाश के लिए मोखे बने हैं, जहाँ से सामने का नज़ारा भली-भाँति देखा जा सकता है और इस तरह से कि जिसे देखा जाए उसे पता भी न लगे। यहीं पर एक ताक है जिस पर अलमारी की तरह पलड़ा लगा हुआ है। पलड़े पर जाली है जिसमें से देखने पर ताक के अन्दर लगे हुए कुछ कल-पुर्ज़े दिखाई देते हैं। यहीं पर एक खटका ऐसा है जिसे दबाने से कुल कमरों में अँधेरा हो सकता है। पाठकों की जानकारी के लिए हम बता दें कि यह बिजली का मीटर है।

वह शख्स, जिसकी हम बात कर रहे हैं, अब तक सीढ़ियों तक पहुँच गया। यहाँ फिर चार दरवाज़े हैं और पता नहीं लगता कि कौन दरवाज़ा कहाँ गया है। वह शख्स बाएँ हाथ वाले दरवाज़े के पास जाकर खड़ा हो जाता है और खास तरह से दरवाज़ा खटखटाता है। दरवाज़ा अन्दर से बन्द है और यह ज़ाहिर है कि जब तक अन्दर से कोई मददगार न हो, वह उसे क्योंकर खोल सकता है। वह फिर दरवाज़ा खटखटाता है और इस बार अन्दर से एक आवाज़ सुनाई देती है। कुछ ही पल बाद दरवाज़ा खुल जाता है। अन्दर घुसकर वह शख्स फिर से दरवाज़ा लगा देता है और उस औरत के साथ एक ऐसी कुरसी पर बैठ जाता है जिसपर चार आदमी बैठ सकते हैं और जिसकी नरम गद्दी मानो थके हुए मुसाफिर को आराम देने के लिए ही बनी है। शख्स ने, जो बहुत थका हुआ लग रहा था, उस कुरसी पर बैठकर पैर फैला दिए और बदन को आराम देने लगा।

जिस कमरे में हम एक औरत के साथ इस शख्स को बैठे देख रहे हैं, वह कोई खास बड़ा नहीं है। वहाँ सामान भी, एक बार देखने से, मामूली दर्जे का लगता है। दीवार पर एक बुजुर्ग की तसवीर लगी है जिनके चेहरे पर सफेद दाढ़ी है व बाल कान के पीछे तक चले गए हैं। बदन पर एक दुशाला या चादर के जैसा वस्त्र है और आँखें झुकी हुई हैं। पाठक इसे देखते ही पहचान जाएँगे कि यह रवीन्द्रनाथ की तसवीर है। इसके अलावा कमरे में दो तसवीरें और हैं जिन्हें गौर से देखने पर पता लगता है कि ये औरतों की तसवीरें हैं। साधारण व्यक्ति तो इसे सिर्फ

कुछ लकीरें और धब्बे ही समझेगा, पर जो फन के जानकर और ऐयार हैं, वे इसे देखते ही समझ जाएँगे कि यह मॉडर्न आर्ट है।

सुनिए, वह औरत और आदमी आपस में बातें करने लगे हैं। ज़रूर यह कोई गुप्त बात होगी।

औरत—आज बहुत थके हुए लग रहे हो ?

आदमी—हाँ, आज दफ्तर में बहुत काम था और मैं काफी दूर से पैदल भी आ रहा हूँ।

औरत—क्या रास्ते में रुक गए थे ?

आदमी—मुझे कुछ काम निबटाना था।

औरत—कौन-सा काम था ? क्या कोई खास बात हुई ?

आदमी—किराने वाले का बिल चुकाना है। अब मेरे पास ज़रा भी रम नहीं बची और सारा माह गुज़ारना है।

आदमी के इस आखिरी वाक्य को सुन वह औरत भी चौंक उठी और चिन्ता में पड़ गई। फिर वह धीरे से उठी और अन्दर चली गई। जिस जगह यह आदमी आराम कर रहा था, उसके सामने ही दूसरे कमरे का दरवाज़ा था जिसपर एक पर्दा पड़ा हुआ था। पर्दे के कारण वह अन्दर के हाल साफ तौर से देख तो नहीं सकता था, पर जब हवा से पर्दा हिलता था, तो उसे अन्दर की कार्यवाही की झलक ज़रूर मिल जाती थी। मगर उसकी आँखें थकान की वजह से बन्द थीं। इसी तरह पाव घड़ी बीत गई और वही औरत एक प्याले में चाय लेकर आई और उस आदमी को उठाने के बाद सामने रखकर चली गई। कुछ देर बाद वह उस कमरे में आई। इस बार उसके हाथों में हूबहू वैसा ही एक और प्याला था जिसमें चाय थी। कुछ देर बाद आदमी ने उस औरत से एक सवाल पूछा, ''बच्चे कहाँ हैं ?''

''खेलने गए हैं।'' औरत ने जवाब दिया।

इसके बाद फिर खामोशी हो गई। फिर वह शख्स सामनेवाली मेज़ पर उस प्याले को रख खड़ा हो गया और पर्दा हटाकर अन्दर चला गया। अब उस कमरे में वह औरत अकेली रह गई है।

इस मकान में तीन कमरे हैं, जिनमें तरह-तरह का ज़रूरी सामान रखा है। वह आदमी तीसरे कमरे में जाकर एक खटका दबाता है, तो कमरे में उजाला हो जाता है। अब कमरे में रखी सभी चीज़ें साफ दिखाई देने लगी हैं। वह आदमी सामने दीवार में रखी अलमारी खोलता है और कपड़े निकालता है। फिर अपने

कपड़े उतारकर दीवारों में लगी खूँटियों पर टाँग देता है और दूसरे कपड़े पहन लेता है। तभी वह स्त्री, जिसे हम पहले कमरे में छोड़ आए हैं, उस आदमी के पास आकर खड़ी हो जाती है।

"पोस्टमैन आज आया था," वह कहती है।

"क्या कोई चिट्ठी आई है ?"

"हाँ, एक चिट्ठी आई है।" वह उत्तर देती है और साथ ही एक लिफाफा निकालकर भी देती है। लिफाफा खुला हुआ है, यानी इससे साफ ज़ाहिर है कि इस आदमी को देने के पहले वह औरत यह चिट्ठी पढ़ चुकी है। जब तक वह आदमी चिट्ठी पढ़ता है औरत उसके चेहरे के भाव देखती है। पूरी चिट्ठी पढ़ने के बाद वह शख्स लम्बी साँस लेता है।

"क्या करें ?" वह औरत से पूछता है।

"क्या कर सकते हैं ?" औरत जवाब देती है।

"कुछ नहीं किया तो वे लोग क्या सोचेंगे ?" आदमी कहता है।

औरत कुछ नहीं बोलती और सिर झुका लेती है।

"देखो क्या होता है," कहता हुआ आदमी चिट्ठी उसी अलमारी में डाल पहले कमरे में आ जाता है। चिट्ठी पढ़ने के बाद उसके चेहरे पर फिक्र के निशान बढ़ जाते हैं। वह मेज़ पर से एक किताब उठाता है और उसका निश्चित पृष्ठ खोल पढ़ने लगता है। एक घड़ी-भर तक वह पुस्तक को पढ़ता रहता है और तभी भय और घबराहट के कारण उसका बदन सुन्न हो जाता है। तिलस्मी शैतान ने बेहोश पड़े प्रभाकरसिंह और चीख मारकर बेसुध हुई मालती को अपने कन्धे पर लाद लिया है और सिंहासन वाले रास्ते से उस जगह पहुँच गया है जहाँ चारों तरफ मनुष्यों और पशुओं की हड्डियाँ बिखरी हैं। चारों ओर चार मनुष्यों के कंकाल ठीक उसी सूरत के खड़े थे, जैसे शैतान के थे। एकाएक चारों कोनो में खड़े वे हड्डी के ढाँचे कुछ अजीब तरह से हिलने लगे और उनके जबड़े हरकत करने लगे। कुछ देर बाद वे नरकंकाल हिलते-डुलते, लड़खड़ाते आगे बढ़े। उन्हें आगे बढ़ता देख तिलस्मी शैतान ज़ोर से हँसा और बोला, "लो, आज तुम्हारे लिए खुराक।"

एक ढाँचे के मुँह से भयानक शब्द निकले, "क्या इन लोगों को हमारे भोजन के लिए ही लाए हैं ?"

तिलस्मी शैतान ने जवाब दिया, "हाँ।"

तिलस्मी शैतान आग के कुएँ के पास आया और वह सिक्कड़ खोला, जिससे

देग बँधा हुआ था। इसके बाद वह मालती और प्रभाकरसिंह के पास आया और बारी-बारी से एक-एक को उठाकर उसने उसी देग में डाल दिया। तिलस्मी शैतान ने अब सिक्कड़ पकड़ लिया और देग को धीरे-धीरे उसी अग्नि-कुण्ड में उतारने लगा तथा बाकी के ढाँचों ने हड्डियाँ उठा-उठाकर कुएँ में फेंकनी शुरू कीं, जिसके साथ लपटों ने देग को चारों तरफ से घेर लिया। चिरांयध मिली बदबू से वह कोठरी भर गई और वहाँ इतनी गरमी हो गई कि खड़ा रहना मुश्किल हो गया।···

उस शख्स ने घबराकर किताब रख दी। उससे आगे पढ़ा नहीं गया। उसके चेहरे पर पसीना आ गया। उसे लगा यह सारा मकान किसी तिलस्मी शैतान की देग है और वे लोग प्रभाकरसिंह और मालती की तरह उसमें डाल दिए गए हैं। इस कल्पना से वह घबरा गया और सिकुड़कर बैठ गया। घर की हर चीज़ अब तिलस्मी हो गई थी। यह पर्दा क्यों हिल रहा है ? इसके पीछे कोई नकाबपोश तो नहीं। अभी पर्दा हटेगा और कोई उसपर आक्रमण करेगा।

तभी कोई दरवाज़ा खटखटाता है। कोई खतरा है। जब दरवाज़ा खुलता है, एक नई मुसीबत अन्दर प्रवेश करती है। वह दरवाज़ा हिलने से घबराता है। वह दरवाज़ा खोलता है। इस बार उसके बच्चे हैं, खेलकर लौटे हैं। वे सीधे उसके पास से अन्दर चले जाते हैं। वह हँस देता है।

नकाबपोश खंजर उठाकर वार करना चाहता है कि उसने देखा कि हाय, यह तो कमलिनी है।

घर सड़क की तरफ खुलता है। वह गैलरी में आकर चुपचाप खड़ा हो जाता है, जैसे किसीकी टोह ले रहा है। सामने सड़क के उस पार चौमुहानी के पास आग जल रही है और तीन आदमी घेरकर बैठे हैं। दो आदमियों की उसकी तरफ पीठ है इस कारण वह पहचान नहीं पाता। एक आदमी, जिसका चेहरा सामने है और आग के कारण चमक रहा है, उसे वह बखूबी पहचानता है। वह आदमी मूँगफली वाला है। यह आग मूँगफली भूनने के लिए लगाई गई है, यह स्पष्ट है। उसने सोचा, जाकर मूँगफलियाँ खरीदे, पर फिर वह गरदन घुमाकर दूसरी ओर देखने लगा। शाम में डूबी पहाड़ियाँ और कहीं भी पहुँचाने में असमर्थ रास्ते।

सहसा उसे लगा कि उसके पीछे कोई लगा है और पीठ पर आक्रमण करना चाहता है। वह वार बचाने की फुरती से घूमा। पत्नी थी और पीठ पर हाथ रखना चाहती थी। पाठक अब भली-भाँति समझ गए होंगे कि यह औरत इस शख्स की पत्नी है। जो हाथ पीठ छूना चाहते थे, अब कमीज़ पकड़े हुए थे।

''यहाँ क्यों चुपचाप खड़े हो ? अन्दर चलो।'' वह बोली।

आदमी ने कोई जवाब नहीं दिया। सिर झुकाया और सीटी बजाने की तरह अपने होंठों को किए रहा, ''मै दिल्ली चला जाऊँ ?''

''क्यों ?''

''वहाँ कोई नौकरी खोज लूँगा छोटी-मोटी। मुझे लगता है कोशिश करने पर मिल जाएगी। फिर तुम्हें ले जाऊँगा।''

''कैसे जाओगे ? रुपया भी तो चाहिए। जब तक नौकरी न मिले, दिल्ली में खर्च के लिए चाहिए। फिर इस घर के खर्च के लिए भी तो चाहिए।''

आदमी ने औरत की तरफ देखा और खामोश रह गया।

कैदी ने दीवार को हर जगह से बजाकर देखा कि शायद कहीं से पोली हो, मगर वह निराश हो गया। तिलस्म के सब दरवाज़े बन्द थे। हर जगह कोई पेच, जिसे वह खोल नहीं पाता। वह बारादरी से निकला और बाग में आ गया, बाग से निकला और झरने के पास पहुँचा। वहाँ से उठा तो फिर बारादरी में आ गया। अजब ज़िन्दगी है—हवा, सूरज, पानी और मेवे के दरख्त, अगर नहीं कुछ है तो एक दरवाज़ा नहीं। कोई पेच है, कोई कल, जिसकी ताली उसके पास नहीं है। वह ताली किसी उल्लू के पेट में बन्द है और भूतनाथ हर बार निराश होता है।

यह शख्स अजब तिलस्मी हरकत कर रहा है। रात हो गई है और चन्द्रदेव अपनी शीतल किरणों से सकल पृथ्वी को शीतल किया चाहते हैं। हाय, वह कहाँ जाए ! वह एक कमरे से निकलता है और दूसरे में चला जाता है। एक पर्दा हटाता है, फिर भी कोई रहस्य जैसे पीछे नज़र आता। वह अलमारी खोलता है, बक्से टटोलता है, औरत से बातें करता है। बच्चे सो गए हैं, बेहोश-से हैं, उसकी तबियत करती है कि उन्हें लखलखा सुँघाकर पूछे कि तुम कौन हो ! वह चाहता है कि इस औरत की एक पोटली बाँधे और कन्धों पर रख जंगल में जाकर किसी चट्टान पर बैठ जाए।

वह खाना खा चुका। उसमें कोई बेहोशी की दवा नहीं मिली। अगर होती तो ठीक था। वह होश खोना चाहता है। वह औरत का हाथ पकड़ता है। वह चाहता है कि वह तिलस्म की रानी की तरह अपने आशिक के गले में हाथ डाले। पर वह ऐसा नहीं करती। वह चुप रहती है, उस पुतली की तरह जो जमनियाँ के तिलस्म के चौथे दरजे में शायद आज भी चुप खड़ी हो।

वह एक खटका दबाता है और सारे तिलस्म में अन्धकार हो जाता है। उसे

लगता है कि यह औरत अभी 'ही-ही' करती हुई पागलों की तरह हँसेगी और खम्भों के उस बाजू जाकर छिप जाएगी। मगर ऐसा नहीं होता।

वह एक कुरसी पर बैठ जाता है—इस उम्मीद में कि फर्श का यह टुकड़ा खुल जाएगा और वह कहीं गहरे उतर जाएगा। तिलस्म की पुतली उसकी तरफ देख मुस्करा देती है। वह आदमी उस कुरसी पर बैठकर पत्थर का हो जाता है, हिल-डुल नहीं पाता और देखता है कि बस्ती के सारे घर एक तिलस्म के हिस्से में हैं, और हर जगह एक पत्थर की मूरत सिर झुकाए कुरसी पर बैठी है।

अतृप्त आत्माओं की रेल-यात्रा

∗ ∗ ∗

कम्बल ढकी पहाड़ियाँ, तीखी तेज़ हवा और लदी-लदी रेल चली जा रही थी। आत्माओं ने काँच की खिड़कियाँ बन्द कर दीं। कभी झाँककर देखते तो मठों की आबादियाँ, आवारा प्रेतों के भटकते झुण्ड, यज्ञ-हवन की बुझी हुई आग नज़र आ जाती। तारे ठिठुरे हुए थे और दिशा अनजानी। सब जा रहे थे, अज्ञात रास्ते को। बूढ़े पवन के घर आज फिर कोई औलाद हुई है कि मस्ता रहा है, झूम रहा है। डिब्बे भी गीले थे। कल मृत्युलोक के दरवाज़े पर इन्हें किसी पवित्र जल से धोया गया था, वह अभी तक सूखा नहीं। यह सब चर्चा की बातें थीं, परन्तु वे सब अवसादों से लदे थे, यादें बँधी हुई थीं और इसी कारण आपस में नहीं बोल रहे थे। सबको लग रहा था कि अब सूरज, जिन्हें इस ओर भगवान भास्कर कहते हैं, उग जाना चाहिए। कुछ गर्मी आए वातावरण में, ठिठुरती आत्माओं में।

हरदयाल जी सोच रहे थे, भाई घर आ गया होगा। तार समय से मिल गया हो, तो नौ बजे वाली पठानकोट से पहुँचा समझो। जाने लाश उठी हो या नहीं। बउआ बड़ी रो रही होगी। वे स्वयं यह सोच उदास हो गए। पड़ोस में एक साधु बैठा बार-बार ईश्वर का नाम ले रहा था। किसी गाँव की विधवा को भगाकर, चेली बनाकर ले गया था। एक दिन पकड़ा गया, तो बहुत पिटाई हुई। उसीमें मर गया। रेल में बैठा बड़ाबड़ा रहा था, ''सब सालों को फाँसी लगेगी। साधु-सन्तन के प्राण लेना खेल नहीं है। इस साल फसल चौपट हो जाएगी, हैज़ा, प्लेग फैलेगा।'' थोड़ी-थोड़ी देर में ईश्वर का नाम लेता। सामने एक नौजवान लड़का सिर लटकाए बैठा था।

आत्महत्या करके आया था—बेकारी के कारण। कुछ समझ नहीं पा रहा था। मृत्यु-पूर्व का तनाव और उलझन अभी तक बनी हुई थी। वह मुक्त अनुभव करना चाहता था, पर हुआ नहीं।

"कै साल की उमर में चले आना पड़ा भाई ?" साधु ने पूछा। युवक ने आश्चर्य से उसकी ओर देखा और धीरे-से बोला, "इक्कीस साल में।" "तभी इतने उदास हो रहे हो। जीवन का सुख नहीं भोगे, नारी के साथ रति नहीं किया, पकवान नहीं चखे, यत्र-यत्र प्रवास नहीं किया, बम्बई नहीं देखी। उदास होना स्वाभाविक है।"

इधर बम्बई के बूढ़े सेठ पूरी उमर जीकर आए थे। साधु से पूछने लगे, "आपका क्या बम्बई से आना हुआ महाराज ?"

"नहीं, हम तो हिमालयवासी हैं। पन्द्रह वर्ष तप किया। गृहस्थाश्रम में थे तब बम्बई गए थे।"

"एक्टर बनने ?" कहीं से आवाज़ आई।

साधु ने क्रोध से इधर-उधर देखा, "छिः, हम तो बालपन से ही जोगी जैसे रहे। भरथरी जी का माफक घर छोड़ दिया। बम्बई वर्ष-भर रहना हुआ। कई सुन्दरियों ने हमें खींचना चाहा, पर हम सदैव दूर हरे। जीवन-मृत्यु के रहस्य से वाकिफ थे। हमारे गुरु जी की एक पुस्तिका मथुरा से छपी, आपने पढ़ी होगी, 'जन्म-मृत्यु-रहस्य'।"

सब ओर चुप्पी थी।

"बड़ी सुन्दर है। अब तो इस लोक में स्वयं गुरु जी के दर्शन होंगे, उनके मुख से सुनिएगा। बड़ा मधुर बोलते हैं, साथ में हरमुनिया पर गाते भी हैं। आप श्रीमान् कहाँ से आए हैं ?" साधु ने सेठ से पूछा।

"बम्बई से।"

"व्यापार-वाणिज्य में लगे रहे जीवन-भर ?"

"हाँ, हमारे तीन मिलें थीं। इधर इंदौर तक हमारा काटन का बिज़नेस चलता था।"

साधु घृणा से हँसा, "लक्ष्मी, तू बड़ी ठगनी है ! माया है।"

सेठ को क्रोध आने लगा, "इसी लक्ष्मी से बहुत साधुओं को चटाया-खिलाया है, हमने। दरवाज़ों पर घण्टों पड़े रहते थे। देश-भर के बड़े मन्दिरों को दान-खाते से रकम भेजी जाती थी।"

"धन्य है, धन्य है।" साधु यह सुनकर विभोर हो गया, "यही सच्चा मानव जीवन है। कीचड़ में कमल के माफक।"

पटरी पर बैठे प्रेतों के एक झुण्ड को भगाने के लिए रेल ने लम्बी सीटी

दी और गति तेज़ कर दी। इधर सूरज का उजाला फैलने लगा। किसी ने कहा, ''भगवान भास्कर उदित हुए।'' सब उस उजाले की ओर उन्मुख हो गए। खिड़कियाँ खुलने लगीं और आत्माओं ने बाहर झाँकना शुरू किया। ''आह, कैसा सुन्दर दृश्य है!'' एक कवि की आत्मा ने कहा, ''यदि पहले दिखा होता तो हमने कोई कविता गा दी होती।'' फिर सोचने लगा, ''बहुत लिखकर आए हैं, मित्रों को चाहिए कि अन्तिम कविताओं का संकलन प्रकाशित करवाएँ और सारी रॉयल्टी सुधा को दिलवा दें। स्मृति में अंक भी निकलना चाहिए। वातावरण बन गया तो साहित्य के इतिहास में नाम आया करेगा, नहीं सारी कृति अकारथ बह गई।''

कुछ देर बाद पास बैठी बुढ़िया से कवि ने पूछा, ''कहाँ से आ रही हो?''

''आगरे से।''

''पागलखाने में थी?''

''तू होगा पागलखाने में। मेरा भरा हुआ घर है। सुहाग-भरी हूँ। तीन बेटे जूते की दुकान करते हैं। यहाँ होते, तेरा मुँह तोड़ देते।''

कवि-आत्मा यह सुन चुप हो गई।

''उन्हें काहे को यहाँ बुला रही है, बुढ़िया!'' किसी ने कहा।

''याद आती है सब लोगों की।'' वह सुबकने लगी।

''तू किया कर याद। वे तेरे बदन को फूँककर ठण्डी साँस लेंगे।'' हलवाई सुन्दरलाल ने, जिनकी गाजियाबाद में बड़ी दुकान थी, कहा।

''दुनिया से बड़े नाराज़ हो भाई!''

सुन्दरलाल को उनके भतीजे ने ज़हर दिया था, जायदाद हड़पने के लिए। एक ही बात कही, ''सब कमीने हैं। भाई हो या भतीजा।'' और मुँह फेरकर बैठ गए।

कुछ देर बाद रेल रुकी। कोई बड़ा जंक्शन था। सवेरा हो गया था। रेल के दरवाज़े खुले। आत्माएँ चहलकदमी के लिए जिज्ञासाएँ लेकर उतरीं। बड़ी भीड़ थी।

''स्वर्ग आ गया क्या?''

''आहा, बड़ा पुण्य-अर्जन किया है न जीवन-भर? मरे अभी समय नहीं हुआ और लगे चिल्लाने—स्वर्ग आ गया क्या?'' प्लेटफॉर्म पर खड़ी किसी वालंटियर-आत्मा ने चिढ़ाते हुए कहा।

दस मिनट में सबको पता लग गया कि गाड़ी यहाँ बड़े समय तक पड़ी रहेगी। इस जंक्शन से शिशु-आत्माएँ पृथ्वी पर जाने के लिए लदती हैं और आए

हुए उतरकर नई गाड़ी में चढ़ते हैं। इसी बीच रजिस्ट्रेशन होता है। सबके नाम-पते नोट किए जाते हैं।

बीना-इटारसी लाइन के किसी स्टेशन के एक सहायक स्टेशन मास्टर की आत्मा से, घण्टों इस तरह रेल का पड़ा रहना सह्य नहीं हुआ। वहाँ के कर्मचारी को रोककर वह बहस में उलझ गया।

प्लेटफॉर्म पर उतरते ही आत्माओं ने छोटे-छोटे समूह बनाना प्रारम्भ कर दिया। कुछ आवारा, उदास एक ओर से दूसरी ओर भटकते रहे। कुछ परिचित एक-दूसरे से मिले।

''आ गए भाई !''

''आ गए।''

'सब छूट गया, अपना-पराया !''

''क्या बताएँ ! घर में इस समय कुहराम मचा होगा। छोटे-छोटे बच्चे हैं। क्या होगा उनका !''

''सब अपने जी लेंगे मित्र !''

''शायद सरकार कुछ करे।''

''जीते जी नहीं किया, मर गए तो क्या करेगी ! अब मेरा ही मामला लीजिए। तुम जानते हो, परसाल मेरा सुपरिण्टेण्डेण्ट बनने का चान्स था, पर नहीं होने दिया गया। ज़िन्दगी-भर भूखा रहकर सरकार के रुपए गिनता रहा, हिसाब मिलाता रहा। अब याद कर रहे होंगे।''

''छोड़ो जी चिन्ता।'' तीसरी आत्मा बोली।

एक बाबू-आत्मा को दफ्तर का चपरासी नज़र आ गया, जिसे उन्होंने बीमारी के लिए तीन माह की छुट्टी दिलाई थी। वह यहाँ भी अहसान में झुका हुआ कह रहा था, ''आपका कृपा रही साहब ! बेटे ने मेरा बड़ा इलाज कराया, पर हुज़ूर होनी को कौन रोक सकता है।'' फिर नम्रता से पूछने लगा, ''आपका कैसे आना हुआ साहब ?''

''जीप की टक्कर हो गई। ड्राइवर बदमाश बच गया और मुझे जान खोनी पड़ी।''

''ओह, बड़ी तेज़ चलाते हैं, खासकर वह जमनालाल⋯''

''उसीसे टक्कर हुई।''

''मैंने उसकी एक बार शिकायत भी बड़े साहब से की थी, पर कुछ नहीं हुआ।'' फिर वे दोनों बड़े साहब की बुराइयाँ करने लगे।

‘‘बड़े साहब ने ही उसे सिर चढ़ा रखा है। और चढ़ावेंगे क्यों नहीं, सारी गड़बड़ी से, जो साहब करते हैं, वह वाकिफ है। एक-दूसरे की मदद करते हैं। सालों ने दफ्तर को बनिए की दुकान बना रखा है।’’

इधर एक इंजीनियर, जिसका कहना था कि उसके यहाँ आ जाने से दक्खन का सबसे बड़ा बाँध अधूरा रह जाएगा, आसपास खड़े लोगों से डॉक्टरों की बुराइयाँ कर रहा था, ‘‘सौ रुपया रोज़, फीस और दवाई में उड़ गया। आखिरी दिनों में तो तीन-तीन डॉक्टर आए पर उनका डायग्नोसिस ही गलत था। नौ बजे वह कमीना मुझे बोलकर गया कि घबराइए नहीं आप! कल स्वस्थ हो जाएँगे और एक बजे मुझे हिचकी आई··· !’’

‘‘और टा-टा।’’ सब हँस पड़े।

एक होमियोपैथ ने जमे मजमे को देखकर कहा, ‘‘एलोपैथी पर जिसने विश्वास किया, उसने ज़िन्दगी चार साल पहले छोड़ दी है। रोग का समूल निदान डॉक्टरों के लिए असम्भव है। यह तो होमियोपैथी की ही करामात है, कि··· ।’’

‘‘अब रहने दीजिए। डॉक्टर वैद्य तो वे घाट के पण्डे हैं, जो मौत की नदी के किनारे बैठ मरने वालों से कमाई कर लेते हैं। मरने वाला मरता ही है।’’

‘‘अरे मरते को कौन रोक सकता है ? हम अपने बाप को नहीं रोक सके, तो हमारे बेटे क्या हमें रोक पाते ?’’

एक चुप्पी-सी छा गई। काशी के एक मठाधीश स्वामी महाराज ने, जो अभी तक चुप थे, मुँह खोला, ‘‘जो अतीत है, उसपर सोचना तो मूर्खों का काम है। जो भावी है, आगामी है, उसपर विचारो। हम अपने प्रवचनों में सदा कहते आए हैं, जीवन क्षणिक है।’’

‘‘काहे का क्षणिक। अस्सी साल जूते घिसे हैं, बदन तोड़ा है। हमारी हम जानते हैं।’’

‘‘वह सत्य है, पर इस अनन्तकाल में अस्सी साल क्या हैं ? मैं तो डेढ़ सौ वर्ष संसार में रहा हूँ।’’—सब चौंके—‘‘गजब है।’’

‘‘अजी ज़िन्दगी तो रबड़ जैसी है, स्वामी जी ज़्यादा खींच गए। मज़बूत रबड़ होगा।’’

‘‘साधना और तपस्या से सब हो जाता है।’’

‘‘खाना-पीना भी अच्छा मिले तब बात है। स्वामी जी माल उड़ाते होंगे।’’

‘‘नहीं-नहीं, सदा फलाहार किया। अन्न को नहीं छुआ।’’

तभी पास से एक नारी-आत्मा गुज़र गई। रेल के डिब्बों में झाँकती। स्वामी जी से नज़र हटा, सब उसे देखने लगे।

''बड़ी सुन्दर है।''

''शक्ल तो फिल्म एक्ट्रेस रत्ना सरीखी लगती है।''

''वही तो नहीं हो।''

''आओ देखें तो यार, है कौन !''

स्वामी जी अकेले रह गए।

रत्ना जैसी लगनेवाली के आसपास मँडराने वालों की संख्या काफी थी। एक ने साहस कर पूछा, ''कौन हैं आप ?''

''आपको मतलब ?''

वह सकपका गया, ''मेरा मतलब यह कि क्या आप ही अभिनेत्री रत्ना हैं।''

''रत्ना, रत्ना ! वह भी यही कहता था। मर गई रत्ना भाड़ में।'' वह पगली-सी ठठाकर हँसी, ''मुझसे कहता था, अगर शादी नहीं हो सकी, तो प्राण दे देंगे। मैं तो मर भी गई, पर वह अभी तक नहीं आया।''

''उसे ही खोज रही हूँ डिब्बों में।''

''और किसे खोजेंगी, माशूक तलाशेगी आशिक का डिब्बा। कहिए, खंजर मारकर मरी थीं या हीरे की कनी चाटकर ?''

''दुखी आत्मा के साथ मज़ाक न करें, भाई साहब !''

''तुम्हें क्यों तकलीफ हो रही है ?''

''उस अकेली जान को परेशान कर रहे हैं। शरम नहीं आती।'' आवाज़ें बढ़ने लगीं। गालियों के फव्वारे छूटे और फिर गुत्थमगुत्था हुई, जो जल्दी ही छुड़ा दी गई।

स्वामी जी, जो अब वहाँ आ गए थे, कहने लगे, ''देवी, शरीर से ऐसा प्रेम तो धोखा ही है। उस युवक से प्रेम किया, बजाय यदि ईश्वर से प्रेम किया होता⋯।''

''तो आपके आश्रम में पड़ी रहती, और क्या ?'' किसी ने टोका।

''दो व्यक्ति जब बातें करें तब बीच में⋯''

''चेली बना रहा है बिचारी को।''

स्वामी जी पैर पटकते आगे बढ़ गए, ''इसीलिए हमने जीवन-भर कभी स्त्री को उपदेश नहीं दिया। समाज अपने चश्मे से देखता है।''

रत्ना की आत्मा ने चारों ओर देखा, लोग टुकुर-टुकुर उसे ताक रहे थे । वह मुँह ढककर बैठ गई ।

एकाएक आकाशवाणी हुई—‘‘आप लोग मुख्य कार्यालय की खिड़की से लाइन लगाइए और अपना नाम-पता रजिस्टर करवा लीजिए ।’’

(फिर मराठी में, बंगला में, पंजाबी में, इस तरह चौदह भारतीय भाषाओं में यही सूचना मिली ।) तब तक लाइन लग गई थी । करनाल के प्रसिद्ध हिन्दी-प्रचारक विरहानन्द काव्यालंकार ने सबसे पहले हिन्दी में अपना नाम लिखा । आयु, ठिकाना आदि सब लिखने के बाद विशेष जानकारी में लिखा—‘‘हिन्दी-प्रचार में शहीद हुए ।’’ इस पर रजिस्टर के पास बैठी अधिकारी-आत्मा ने कहा, ‘‘क्या वास्तव में ?’’

‘‘जी हाँ । जीवन-भर असत्य नहीं बोला, तो अब मृत्यु पर नहीं बोलेंगे ।’’

‘‘जीवन-भर असत्य नहीं बोला, तो प्रचारक कैसे हो गए ?’’ अधिकारी ने चुटकी ली ।

सब हँस पड़े ।

‘‘शायद इसी कारण शहीद होना पड़ा ।’’

सब फिर हँसे, न जाने क्यों ?

काव्यालंकार जी अपना नाम लिखने के बाद वहीं खड़े हो गए । चार-छः आत्माओं के बाद जब आत्महत्या से मरकर आए युवक ने कलम ली और अंग्रेज़ी में एम. एल. श्रीवास्तव लिखने लगा, तो काव्यालंकार जी ने टोक दिया, ‘‘आंग्लभाषा अभी तक सिर पर लाद रखी है । राष्ट्रभाषा में नहीं लिख सकते क्या ? आपको शर्म आनी चाहिए, आप भारतीय हैं ।’’

युवक ने उन्हें क्रोध से देखा और फिर काटकर हिन्दी में लिख दिया, काव्यालंकार जी की बाछें खिल गईं ।

‘‘वास्तव में आप सच्चे हिन्दी-प्रचारक हैं !’’ किसी ने कहा ।

वे मुस्करा दिए ।

‘‘शहादत कैसे मिली पण्डित जी ?’’

‘‘क्या बताएँ ! चार वर्ष से हम प्रचार-सभा के अध्यक्ष थे । इस वर्ष हम पर अविश्वास का प्रस्ताव रख दिया और दूसरे को चुन लिया । हमसे यह पीड़ा सही नहीं गई और हमने देह त्याग दिया ।’’

‘‘महापुरुषों के साथ अक्सर बुढ़ापे में जनता ऐसा मज़ाक कर बैठती है ।’’

काव्यालंकार जी आकाश की ओर देखने लगे ।

प्लेटफॉर्म पर धूप बिखर आई थी । एक दरवाज़े से बच्चों के समूह आने

लगे और बेंचों पर बैठने लगे।

"ये वे शिशु हैं बेचारे, जो जन्मते ही मर गए।"

"जी नहीं, ये अब पैदा होने दुनिया में जा रहे हैं।" एक वालंटियर ने बताया।

"ओ हो, कितने सुकोमल, जैसे फूलों के गुच्छे !"

"बढ़कर बूढ़े हो जावेंगे और खीसें निपोरेंगे।"

एक भीषण लट्ठबाजी के बाद दो महीने अस्पताल में रहकर मरे, कालू उस्ताद आत्माओं की भीड़ चीरते आगे आए और बच्चों से पूछने लगे, "क्यों बे छोकरो ! दुनिया में कहाँ-कहाँ जाओगे ?"

"अपने मोहल्ले का बच्चा खोज रहे हो उस्ताद !"

"अभी से गुरुमन्त्र दे दो।"

बच्चे चुप बैठे रहे, एक-दूसरे का मुँह देखते।

"अरे बोलो, गूँगे हो क्या ?"

"अभी भाषा-ज्ञान नहीं हुआ होगा।" काव्यालंकार जी ने कहा।

"दुनिया में जाएँगे।" एक बच्चा बोला।

"कौन-सी दुनिया ? गरीबों की दुनिया कि अमीरों की दुनिया ? दिलवालों की दुनिया कि मिलवालों की दुनिया ?"

सब कालू उस्ताद की आत्मा द्वारा रचित इस बेढब तुकबन्दी पर हँस पड़े।

"कालू उस्ताद, शायर रहे हो क्या ?"

"भई, क्या शायरी हुई, न इसमें रचना-कौशल है, न बिम्ब, न सम्प्रेषणीयता। निरी तुकबन्दी है।" कवि ने धीरे से काव्यालंकार जी से कहा।

काव्यालंकार जी की आत्मा ने इस साहित्यिक शब्दावली को सुन उनसे पूछा, "आप साहित्यिक रहे हैं शायद पृथ्वी पर !"

"अभी भी हूँ। मैंने देह त्यागा है, अपना कवि-स्वभाव तो नहीं त्यागा। मेरा नाम है विनय वर्मा 'रसिकेश', सुना होगा। मेरा संकलन 'सयाना चांद और नीम की डाली' की अभी बड़ी चर्चा रही। गत माह की ''अमरावती' के प्रथम पृष्ठ पर मेरी कविता…।"

"हाँ, हाँ, सुना है। आपकी पुस्तक हमारे पास समालोचनार्थ आई थी। बुरा नहीं मानें, हमें सारी कविताएँ घटिया लगीं, सो हमने उसे लौटा दिया।"

"आप शायद समझ नहीं पाए !" कवि ने मुँह टेढ़ा कर कहा।

"जी हाँ, साहित्य पढ़ते और हिन्दी का प्रचार करते हमारे बाल सफेद हो गए और आपकी कविता हमें समझ नहीं आई।" वे ज़ोर से हँसे।

“मैं आपसे इस विषय में बहस करना चाहूँगा।” कवि ने ज़ोर देकर कहा।

“अवश्य कीजिए, यहाँ इस लोक में साहित्य-चर्चा के लिए बड़ा समय मिलेगा। हम लोग कभी बैठेंगे।” और काव्यालंकार जी की आत्मा मुँह फेर उन शिशु-आत्माओं की ओर देखने लगी, जिनके साथ कालू उस्ताद का पहलवान प्रेत हँसी-मज़ाक कर रहा था।

“अच्छा बच्चो, तुम यह बतला दो कि तुममें से बिना बाप का बच्चा कौन होनेवाला है ?”

“क्या मतलब आपका ?” एक ने डाँटा।

“यानी कुँवारी लड़की और विधवा औरत के बच्चे कौन-कौन हैं ? हाथ उठाओ।”

“छी-छी, आप इन नन्ही आत्माओं से मज़ाक करते हैं !” साधु की आत्मा नाराज़ हुई।

“और ऐसे बच्चे जन्म लेते हैं, तब आप जैसे साधु-सन्त थू-थू करते हैं—तब !”

“साधु पाप का समर्थन नहीं कर सकता। अनैतिकता का विरोध उसका धर्म है। हमने सदैव विरोध किया है—पाप का।” साधु की आत्मा ने भाषण देते हुए कहा, “विधवा स्त्री से शारीरिक सम्बन्ध घोर पाप है और ऐसे पापी को दण्ड मिलना ही चाहिए और ऐसी सन्तानों को समाज में स्थान नहीं दिया जाता है।”

तभी शिशु-आत्माओं के समूह में से किसी ने कहा, “मैं इन साधु जी का बच्चा हूँ।”

सब चौंक पड़े और फिर हँसने लगे।

कालू उस्ताद की आत्मा ने साधु की आत्मा का गला पकड़ते हुए कहा, “क्यों बे ढोंगी, ये बच्चा क्या कहता है ?”

“अखिल विश्व के बालक हमारे बालक हैं। हम साधु हैं न।”

“क्यों बच्चे, यह साधु तेरा बाप कैसे हुआ ?”

“इसने एक विधवा स्त्री को चेली बनाकर रखा था। मेरा जन्म उसी से हुआ है।”

“क्यों बे बदमाश ?”

“झूठ है, असत्य है, हमने कभी चेली नहीं रखी। नारी नरक की खान मानते रहे। इस विषय पर हम प्रवचन दे सकते हैं। सुनिए !”

पर तब तक सारी आत्माएँ साधु पर टूट चुकी थीं और उसे पीट रही थीं। साधु हाथ जोड़ रहा था स्वामी जी के—“आप रक्षा कीजिए”—पर वे हँसते रहे और

बोले, ''हम इन जटाधारियों के सम्प्रदाय से परिचित हैं। सब पापी होते हैं, ये लोग। पिछले कुम्भ में, हमारे अखाड़े वालों ने इन जटाधारियों की पिटाई लगाई थी।''

ज़मीन पर गिरे हुए साधु ने हाथ-पैर मारते हुए कहा, ''यह स्वामी बदमाश है। इसका गुरु विधवाश्रम चलाता है, अनारी है। यदि पीटना है, तो इसे भी पीटें।''

कालू उस्ताद इस प्रश्न पर भी विचार करते, पर तब तक वालंटियरों ने साधु को छुड़ाया और भीड़ को छाँट दिया। कालू उस्ताद और साधु की आत्माओं को पकड़कर वालंटियर एक ओर ले गए।

फिर चुप्पी छा गई। एक रेल आई जिसमें सारी शिशु-आत्माएँ चढ़ गईं।

''जा रहे हैं—पृथ्वी के दुःख भोगने के लिए।''

''अरे काहे का दुःख ? बड़े होकर यही मर्द-औरत बनकर ऐश करेंगे, दारू पीएँगे और खाँसते-खँखारते यहाँ लौट आएँगे।''

शिशु-आत्माओं की रेल ने प्लेटफॉर्म छोड़ दिया। खिड़की के पास गिड़गिड़ाती हुई बुढ़िया कहती रह गई—''मुझे भी ले चल बेटा वापस। मुझे भी ले चल बेटा !''

स्वामी जी की आत्मा हँसी, ''और माया-मोह छोड़ डोकरी। सब यहीं आने को है। पुण्य किया होगा तो सारा घर-बार यहीं बन जाएगा।''

''आगरा में हमारे तीन मकान थे। यहाँ मिलेंगे थोड़े वे, चाहे कितना ही पुण्य किया हो।'' बुढ़िया की आत्मा सिसकने लगी।

फिर आकाशवाणी हुई—''सारी आत्माएँ रेल में बैठे जाएँ।'' सब डिब्बे में चढ़ गए।

एक भूत ने सीटी बजाई, दूसरे भूत ने झण्डी दिखाई और रेल चलने लगी। स्वामी नहीं बैठे। वे चहलकदमी करते रहे और रेल ने जब स्पीड ली, तब वे उस डिब्बे में चढ़ गए जहाँ अभिनेत्री रत्ना के समान रूपवती स्त्री की आत्मा बैठी थी।

पता नहीं अब यह रेल कहाँ जाकर रुकेगी, सब सोच रहे हैं। पर स्वामी जी, जो जन्म-मृत्यु के रहस्य को समझते हैं, निश्चिन्त भाव से चार उँगलियों से अँगूठा मिलाकर उस सुन्दरी को समझा रहे हैं, ''अपने प्रेम-भाव को किसी नश्वर शरीर तक केन्द्रित नहीं करो सुन्दरी ! उसे सृष्टि के कण-कण में बिखरा दो ! उसका दान कर दो और देखो कि कैसे चरम सन्तोष की उपलब्धि तुम्हें होती है !''

यमदूत और नर्स

***

यमदूतों की हालत में इधर काफी सुधार हुआ है। अब पुराने दिनों जैसी बात नहीं रही। पहले जब वे किसी के प्राण हरने नर्क से पृथ्वी पर आते थे, उन्हें बैठने के लिए काले भैंसे दिए जाते थे, जिसका स्वरूप आपने सावित्री-सत्यवान वाले कैलेण्डर में देखा होगा। प्राण को शरीर से अलग कर बाँधने के लिए उनके पास मोटी सन की रस्सियाँ रहती थीं। वे एक टीन की पेटी लादकर लाते, जैसी आपने अक्सर पुराने नाइयों के पास देखी होगी, और उसी में प्राणों को बन्द कर, मोटा ताला डाल, चाबी कमर में खोंस, 'जय यमराज की' बोलते, प्रकृति की शोभा निहारते, तीर्थस्थलों को आकाश से प्रणाम करते यमलोक लौट जाते। वायुमण्डल पार कर उन्हें सीधा खुला रास्ता मिलता तो वे 'हुर्र हुर्र' करते, भैंसे को चाबुक मार उसकी गति बढ़ाते और पैर हिलाते सरपट चल देते। कई बार इस दौड़ में किसी और भैंसे से कम्पटीशन हो जाता, तो आनन्द आ जाता। नथुनों से साँस फेंकता उनका भैंसा वैतरणी के किनारे पहुँचता तो ये उतर अपनी कमर सीधी करते, प्राण का बक्सा ज़मीन पर रख भैंसे की पीठ थपकाकर उसे खुला छोड़ देते। भैंसा वैतरणी की तरफ पानी पीने और किल्लोल करने निकल जाता और वे बक्सा डिपाज़िट कर, रजिस्टर पर लौटने का समय और दस्तखत डाल, दोस्तों में चिलम फूँकने आ बैठते।

पर इधर यमदूतों की स्थिति में काफी सुधार हुआ है। उन्हें आने-जाने के लिए छोटे-छोटे स्कूटर किस्म के वाहन मिल गए हैं और प्राण रखने के लिए सुन्दर-सी

प्लास्टिक की थैलियाँ, जो आसानी से ओवरकोट की जेब में रखी जा सकती हैं। वे आते हैं, एकाध सिगरेट सुलगा कुछ देर खड़े रहते हैं और फिर शरीर से प्राण निकाल थैली में बन्दकर हौले से चल देते हैं।

यमदूतों की हालत में जब इतना सुधार हुआ है, तब नर्सों की दशा वही है, जो बरसों से चली आई है। कम वेतन, दुबला-पतला शरीर और पुराने ढंग के सफेद बाने। वही बड़े डॉक्टरों का भय, जवान डॉक्टरों की अर्थहीन सहानुभूतियाँ, मोटी मैट्रनों की धौंस-डपट और वार्ड बॉय और मेहतरानियों से तू-तू मैं-मैं। कोई फर्क नहीं आया है। आज भी विवाह के प्रस्ताव कम्पाउण्डरों, बस-कण्डक्टरों, ड्राइवरों, सिनेमा के गेटकीपरों से बड़े ओहदे के लोगों की ओर से नहीं आते। आज भी मेडिकल कॉलेज के लड़के बेवफाई करते हैं। आज भी नाइट ड्यूटी के डॉक्टर्स···! यानी हाल वही है, जो सौ साल पूर्व था। होस्टलों का सड़ा खाना, गरीबी के हाल बयान करते गाँव से माँ के पत्र, छोटे भाई का पैसे के लिए उन्हें कातर दृष्टि से देखना, सब कुछ वैसा ही है। कभी-कभी पैसेवाले मरीज़ पाँच-दस रुपया इनाम के बतौर दे जाते हैं तो कुछ रुपए अपने वेतन से मिला वे नायलॉन की सस्ती भड़कीली साड़ी खरीद लेती हैं। सफेद रंग से प्रतिक्रिया बड़े-बड़े रंगीन फूल-पत्तों में प्रकट होती और वे खुशी-खुशी सारा शहर घूम लेतीं। चार-छह सम्भ्रान्त व्यक्ति घूर लेते, दो-एक शोहदे आवाज़ें कस देते और एकाध भावुक पीछे-पीछे चलता अस्पताल तक आ जाता तो शाम सफल हो जाती। पर फिर वही ढर्रा, वही यहाँ-वहाँ दौड़ना, वार्ड बॉय से चखचख और मैट्रन की डाँटें। उन्हें नहीं पता कब उनका जीवन बदलेगा ! कब इन आनेवाले मरीज़ों में कोई ऐसा परेशान हाल आएगा, जिसे इनका कोमल स्पर्श वरदान लगेगा। चार माह प्लरिसी, टी. बी. या पेट दर्द का शिकार हो, मुँह में थर्मामीटर लगाए वह फटी-फटी आँखों इन्हें देखता रहेगा। बदन में थोड़ी शक्ति आने पर इनका हाथ पकड़ सुबकने लगेगा। कौन होगा वह, ये नहीं जानतीं ! ज़िन्दगी एक लम्बे इन्तज़ार का पर्यायवाची बन गई है।

उस शाम कोई पाँच बज रहे होंगे, जब यमदूत नम्बर चार सौ नौ पृथ्वी पर उतरा। वह सीधा आया रायबहादुर सेठ जंगीराम के बँगले के सामने। शहर में रायबहादुर के दो निवास हैं। एक तो बीच बाज़ार की पुरानी हवेली, जहाँ कभी जंगीराम के पुरखे रहते थे और दूसरा यह बंगला, जो उन्होंने सात-आठ वर्ष पूर्व शहर से दूर बनवाया था। वे दिन चाँदी-सोने के व्यापार में रायबहादुर को फायदे के रहे थे, इसी कारण उन्हें वह पुरानी हवेली, उसके छोटे-छोटे दरवाज़े, सँकरी सीढ़ियाँ और

भोंडे कामोत्तेजक चित्रों से मढ़ी दीवारें सभी कुछ बुरा लगने लगा था। उन्होंने तुरन्त शहर के बाहर ज़मीन खरीदी और बंगला खेंचकर वहीं जा बसे। उन्हीं दिनों रायबहादुर ने यह आनन्द टाकीज़ बनाया, जहाँ आजकल 'चार दरवेश' फिल्म चल रही है। आनन्द उनके बड़े लड़के का नाम है, जो आजकल कलकत्ता में व्यवसाय करता है और लड़कियों के मामले में अपनी ऊँची पसन्द के कारण वहाँ के सभी क्लबों में प्रसिद्ध है। यमदूत को सन्देह था कि कहीं रायबहादुर अस्पताल में भर्ती न हो गया हो या अन्त समय उसी पुरानी हवेली में न चला गया हो, जहाँ से उसके पुरखों की लाश निकली। पर बंगले के सामने पहुँचने पर जब उसने अन्दर से डॉक्टर चटर्जी की कार निकलती देखी, तो उसे विश्वास हो गया कि बूढ़ा यहीं बिराजे है। यमदूत डॉक्टरों की कारों से अच्छी तरह परिचित हैं। प्रायः ही जब वे प्राण लेने जाते हैं, ऐसी कोई कार उन्हें घर के बाहर खड़ी मिलती और अन्तिम इंजेक्शन की तैयारियाँ करता डॉक्टर मरीज़ के पास खड़ा दिखता।

'कर ली वसूल फीस मेरे यार ने !' यमदूत कार देखकर हँसा और बंगले में घुस गया।

रायबहादुर के बंगले को यदि आपने अन्दर से देखा है तो गेट से पोर्च तक गुलाब के पौधों की कतार आपको अच्छी लगी होगी। रायबहादुर के बंगले के गुलाब ज़िला-पुष्प-प्रतियोगिता में सदैव प्रथम आए हैं और कमिश्नर साहब स्वयं उसकी कलमें माँगकर ले गए हैं। यमदूत उन गुलाबों की ओर देख ही रहा था कि पोर्च से एक नर्स बाहर निकली। उस गुलाबी माहौल, ज़मीन पर बिछी सुर्ख बजरी के सन्दर्भ में एक सफेद नर्स का यों उभरकर आना यमदूत को बहुत भाया। नर्स उसे अच्छी लगी, खास तौर से बड़ी-बड़ी आँखों में झलक रहा वह बेकसूर भाव, जो अक्सर नर्सों में रहता है। बड़ी भली लगती हैं, जैसे नई छतरी, जिसकी हर तान दुरुस्त, कपड़ा तना हुआ, उँगलियों से इन्हें गोल-गोल नचाओ तो रीढ़ में मीठा कम्पन हो आए और अन्दर दायरे बनने-टूटने लगें।

यमदूत का दायरा उसे देख टूट गया और गुलाबी गर्मी में उसका सारा अनुशासन पिघलने लगा। वह कुछ पुराने किसम का व्यक्ति था और सौन्दर्य सम्बन्धी उसके मापदण्ड भी परम्परागत थे। यानी पहले तो चितवन, फिर बदन का उभार और तीसरे कमर का पतला होना, बस यहीं तक। बालों की काली रेशमियत, कालर बोन के पास का नाजुक प्रदेश, हथेलियों पर खिले गुलाब, कलाइयों की सफेद कोमलता, पिण्डलियों का भराव और खुली गर्दन से दिखती सुघड़ पीठ आदि सब उसे ध्यान नहीं आए। वह नई नर्स पर बिलकुल पुराने कारणों से मर गया था।

ओवरकोट पर मफलर डाल और लम्बे होल्डर में सिगरेट लगाकर पीता यमदूत कोई पुराना रईस लगता था। नर्स जब तक पोर्च से निकल फाटक तक आई यमदूत ने उसे रोक लिया।

"ठहरिए।" वह जितना कोमल हो सकता था, हुआ।

"जी।" वह जितनी मीठी हो सकती थी, हुई।

"अभी आपने टेम्परेचर लिया था, कितना था ?"

"ज़्यादा था पर डॉक्टर ने इंजेक्शन दिया है, कम हो जाएगा और नींद भी आ जाएगी।"

"आप जा रही हैं ?"

"हाँ। आप क्या बाहर से आ रहे हैं ?"

"जी, मैं कलकत्ता से आया हूँ। क्या खयाल है आपका ? तबीयत कब तक ठीक हो जाएगी ?"

"आठ-दस रोज़, कम से कम।" वह बोली।

"आप-सी नर्स इलाज करे तो फायदा ज़रूर होगा।" उसने कहा और साथ ही नर्स के पूरे शरीर का मुआयना किया।

नर्स के चेहरे पर तुरन्त छोटे-छोटे गुलाब खिल आए। उसने यमदूत को देख उन अपरिचित आँखों से कुछ समेटने की कोशिश की, वर्तमान और भविष्य।

"मैं शहर जा रहा हूँ, आप क्यों नहीं मेरा स्कूटर पवित्र करती हैं ? आइए, छोड़ दूँ।"

नर्स इस बार कुछ ज़रूरत से ज़्यादा मुस्कराई और प्लास्टिक की थैली हिलाती स्कूटर पर बैठ गई। पीछे बैठ उसने यमदूत की चौड़ी पीठ पर हाथ रखा तो यमदूत को लगा जैसे उसकी रीढ़ की हड्डी गुलाब की टहनी में बदल गई हो और सारे शरीर में फूल झरने लगे हों। वह अन्दर-अन्दर महकता चल दिया।

विजय और मैं कुछ दिनों से सुबह-शाम घूमने जाया करते हैं। उसे डॉक्टर ने सलाह दी थी और मुझे उसके आग्रह पर जाना पड़ता था। पिछले दिनों लगातार खुली हवा और शहर से दूर जाते रहने के कारण हम अपने को बड़ा वड्र्सवर्थ समझने लगे थे। लम्बी बीमारी से उठने के कारण हल्की कमज़ोरी और भावुकता विजय में बराबर बनी रहती थी। खुली हवा, सूरज का उगना-डूबना और फूल-पत्ते उसे अच्छे लगते थे। हमारी राह लगभग निश्चित थी, रोज़ उसीसे जाते और एक लम्बा चक्कर लगाकर लौट आते। पर शायद इसलिए कि हमारा कोई दार्शनिक स्तर नहीं

था, वड्र्सवर्थ पर हम सदैव नहीं टिकते और हमारा ध्यान प्रकृति से हटकर लड़कियों पर चला जाता। रायबहादुर के बंगले के पास से गुज़रते तब दरवाज़े पर या उसी राह में एक सुन्दर-सी नर्स दिख जाया करती। इच्छा होती उससे पूछें कि रायबहादुर अब तक मरे या नहीं, पर चुप रह जाते। शरीफज़ादों की तरह उसे सिर्फ कनखी से देख आगे चल देते। विजय के चेहरे पर कभी नर्स को दूर से देख एक कोमल मुस्कराहट भी आ जाती। मैं नहीं टोकता। डॉक्टर ने उसे प्रसन्न रहने को कहा है। रायबहादुर जब तक बीमार रहेंगे, नर्स बंगले पर सेवार्थ जाती रहेगी और तब तक हमें दिखेगी भी। इसीलिए हम लोग मनाते कि रायबहादुर ज़्यादा से ज़्यादा बीमार रहें। न मरें, न स्वस्थ हों।

उस शाम हमने देखा कि ओवरकोट पर मफलर डाले एक शख़्स रायबहादुर के बंगले के सामने खड़ा नर्स से बातें कर रहा था। जब तक मैं और विजय शरीफज़ादों की चाल से चलते पास पहुँचते वह नर्स को स्कूटर पर बैठा चुका था। उसकी पीठ पर हाथ रखे जाती नर्स हमें बड़ी प्रसन्न लगी।

"शक्ल कैसी है साले की, यमदूत जैसी !" अपने रकीब की शान में विजय ने एक वाक्य कहा।

"तैने देखे हैं यमदूत ?" मैंने पूछा।

"हाँ।"

"कब ?"

"अभी गया न वह।"

हम फिर हँस दिए। छोटी-छोटी-सी बातों पर हँसना अच्छा होता है। डॉक्टर ने कहा है खुश रहा करो।

"मैंने यमदूत देखा है। सावित्री-सत्यवान वाले कैलेण्डर पर।" विजय बोला।

"यह मफलरवाला बिलकुल वैसा ही है ना !"

"बिलकुल।"

"अब यह नर्स गई काम से। बहुत बनती थी। वह फूहड़ उसका ऑपरेशन कर देगा।"

उस शाम हम बहुत दुःखी रहे। प्राकृतिक वातावरण में जाकर भी ज़रा वड्र्सवर्थ न हो पाए। जल्दी से लौट गए। बंगले के सामने से गुज़रे, तो मनाने लगे कि रायबहादुर जल्दी मर जाए, जिससे हमें नर्स उस मफलर वाले के साथ वहाँ न दिखे। शहर आने पर देखा कि क्वालिटी के बाहर वही स्कूटर खड़ा है। बात स्पष्ट थी। इस समय एक नए प्रेम के प्रारम्भिक बिल चुकाए जा रहे होंगे। विजय उदास

हो गया।

"नर्स और यमदूत।" मैं बोला।

"तुम्हें कोई कहानी सूझ रही है।"

"हाँ।" मैंने कड़ककर कहा, जैसे कहानी नहीं लिखना है किसीकी बेवफाई का बदला लेना है। बेवफाई विजय से की गई है, बदला मुझे लेना है, लेखक के कुछ सामाजिक दायित्व भी होते हैं।

रात को हमने टाउनहॉल में सितार का कार्यक्रम सुना, जो मेरे मन पर तो असर कर रहा था, पर विजय चूँकि बोर हो रहा था सो हम अधूरे में उठकर आ गए। लौटने पर उसके घर के पास कॉरिडर में, मैंने विजय से कहा, "देख, नर्स की बात ही सोचता रहेगा, तो तेरी हेल्थ का क्या होगा ?"

उसने कोई उत्तर नहीं दिया। फिर अपनी सहज कोमलता से कहने लगा, "तैने नर्स के हाथों में वह प्लास्टिक की थैली देखी है ?"

"देखी है। उसी यमदूत ने भेंट की होगी।"

"उसी थैली में मेरे प्राण बन्द हैं।" विजय गम्भीर हो रहा था, "नर्स जाएगी तो वह थैली जाएगी और थैली जाएगी तो मेरे प्राण !"

"चुगद, ऐसी पागलों जैसी बातें नहीं करते। एक अच्छे मरीज़ की ज़िन्दगी में कितनी नर्सें आती हैं, पर उसका टेम्परेचर सदैव नॉर्मल रहता है। मैं तुम्हें कह चुका हूँ कि प्रोफेसरों और पुलिसवालों से घिरे इस समाज में हमारी सब इच्छाएँ पूरी नहीं हो सकतीं। फिर सिवाय उस नर्स को आते-जाते ताकने के तूने आखिर कौन-से पेड़ बोए ? आज तुझे क्या हक है, दहाड़ मारकर रोने का।"

"अपने स्वास्थ्य की स्थिति देखते हुए सिवाय घूरने के मैं क्या कर सकता हूँ। जानते हो कि मैं एक लम्बी बीमारी से उठा हूँ।" विजय ने स्पष्टीकरण दिया।

"खैर मना कि तू दूसरी लम्बी बीमारी में नहीं पड़ा। इसके पहले कि तू अपनी जान देता, नर्स को यमदूत ने भगा।"

"अब क्या करना चाहिए मुझे ?" वह कुछ सोचकर बोला।

"तुझे अपनी हेल्थ की तरफ ध्यान देना चाहिए। तुझमें विटामिन 'बी' की कमी भी है, 'ए' का तो सवाल ही नहीं उठता। तू हरी सब्ज़ी खा और हर कौर को बत्तीस बार चबाया कर। टमाटर इन दिनों सस्ते हैं।"

मेरी बात के जवाब में उसने क्रोध से देखा और अपने घर की ओर चल दिया।

मैं लौट आया।

आज की रात ज़रा भी चाँदनी नहीं थी। बड़ा बेरहम वातावरण, जो नर्सों के साथ ठीक सुलूक नहीं करता। ऐसी रात सिर्फ यमदूतों के लिए अच्छी रहती है। इस समय एक प्लास्टिक की थैली विजय की आँखों में झूल रही थी। थैली, जिसमें उसके प्राण बन्द हैं। वही थैली आज की रात एक पलंग के पैतान पड़ी रही। एक स्कूटर नर्सेज़ क्वार्टर्स के बाहर खड़ा है और दूर बंगले में एक रायबहादुर पलंग पर पड़ा खाँस रहा है।

कोई दो बज रहे होंगे। एक अपूर्ण कथानक मेरी नींद तोड़े है।

नर्सेज़ क्वार्टर के बाहर दूसरा स्कूटर रुका। किसी ने दरवाज़ा खटखटाया।

"कोई है।" नर्स ने धीरे से पास लेटे यमदूत से कहा।

"मैं खोलता हूँ दरवाज़ा।" वह बोला।

"नहीं, नहीं, शायद वार्ड बॉय होगा। मैं उठती हूँ।"

"वार्ड बॉय नहीं, मेरा दोस्त है। स्कूटर रुकने की आवाज़ आई थी।"

"दोस्त को कैसे मालूम, तुम यहाँ हो ?"

"कोई ज़रूरी काम होगा। ठहरो, मैं आया।"

यमदूत उठा और दरवाज़ा खोल बाहर निकला। सामने एक दूसरा यमदूत खड़ा था। उसका साथी, जो रायबहादुर की आत्मा समय पर न पहुँच पाने के कारण तलाश में भेजा गया था।

"कौन, सात सौ दस ?"

"जी हाँ।"

"कैसे आए थे ?"

"रात को यमराज ने राउण्ड पर आकर चेकिंग किया और रजिस्टर देखकर पूछा, रायबहादुर की आत्मा अभी तक जमा क्यों नहीं हुई ? बताया कि हुज़ूर चार सौ नौ नम्बर लेने गया है। बोले, लौटा क्यों नहीं, कहाँ अटका है ? हमें हुक्म दिया है तुम्हें लाने को। कहा है, हाज़िर करो और रायबहादुर के प्राण भी साथ लाओ।"

यमदूत नम्बर चार सौ नौ सुनता रहा और फिर क्रोध में दाँत पीसने लगा, "सुसरी यह भी कोई ज़िन्दगी है। अरे, एक दिन रायबहादुर और जी लिया तो क्या फरक पड़ जाएगा। कई केस पेडिंग पड़े हैं, उन पर तो कोई ध्यान नहीं देता। ठीक है, तुम चलो हम आते हैं।"

"हम जवाब क्या देंगे वहाँ जाकर ?"

''तो सुबह तक ठहरो, दोनों साथ चलेंगे।''

सात सौ दस ने चार सौ नौ को देखा और कनखी से मुस्कराया।

''नर्स के फेर में पड़ गए गुरू।''

चार सौ नौ हँसा।

''यह तीसरा मामला है ! बहुत लोभी न बनो !''

''अरे, सब ठीक है, हम सब की जानते हैं। तो जाओ, तुम ज़रा घूम फिर आओ। थोड़ी देर मसान ताप लो। सुबह हम तुम्हें वहीं रायबहादुर के बंगले पर मिलेंगे।''

चार सौ नौ फिर क्वार्टर में घुस गया।

''कौन था ?'' नर्स ने पूछा।

''सुबह हमें बिज़नेस के काम से जाना है, ज़रूरी। अब कुछ दिन मिल नहीं सकेंगे।''

''अरे !''

''उदास न हो, मैं जल्दी आऊँगा।'' यमदूत ने उसे थपथपाया।

सितार फिर बजने लगा। फिर रीढ़ की हड्डी गुलाब की टहनी में बदली और नस-नस में फूल झरने लगे पर दरवाज़े की खटखट से गत टूट गई। इस बार वार्ड बॉय था। नर्स क्रोध में उठी और बोली, ''क्यों रे, क्या बात है ?''

''डॉक्टर साहब ने बुलाया है।''

''क्या काम है ?''

''रायबहादुर की तबीयत खराब है। फोन आया है। बड़े डॉक्टर साहब जा रहे हैं। तुमको भी बुलाया है।''

''तू चल, मैं आती हूँ।'' वह अन्दर आई और यमदूत से बोली, ''मुझे जाना है, ड्यूटी है, रायबहादुर की हालत फिर बिगड़ी।''

''अरे, कहाँ जाती हो छोड़ो, रायबहादुर नहीं मरने का।'' यमदूत ने उसे रोका।

''चलो, रहने दो। सुबह तुमको भी तो जाना है।''

''एक रात चैन से नहीं बीती।'' यमदूत ने नर्स से शिकायत की, ''सुसरे सबको आज ही दरवाज़ा खटखटाना था।''

''नर्सों की ज़िन्दगी में चैन कहाँ ?''

''हमारी ज़िन्दगी में भी सुख कहाँ ?'' वह बोला और बाहर जाने के लिए तैयार होती नर्स को अपलक देखता रहा।

''तुम चलो, मैं भी वहीं आता हूँ।'' यमदूत उठकर ओवरकोट पहनने लगा।

कर्तव्यपरायण नर्स बिना उत्तर दिए तेज़-तेज़ बाहर निकल गई।

रात दो बजे डॉक्टर ने रायबहादुर को एक और इंजेक्शन लगाया और गोलियाँ दीं। नर्स को रात-भर वहीं रहने का आदेश दे वे चले गए। सारा कोर्स बता गए और कहा, ज़रूरी हो तो फोन पर खबर देना।

नर्स ने हुक्म में सिर हिला दिया। वे कार में बैठते तक नर्स को समझाते रहे और वह सिर झुकाए यस् करती रही।

यह सच है, पेशेण्ट सीरियस था, पर यह रात भी कोई कम सीरियस नहीं थी।

यमदूत कुछ देर बाद आकर पोर्च के पास सीढ़ियों पर बैठ गया। रायबहादुर इंजेक्शन के असर में सो रहे थे। उसने नर्स को इशारा करके बुलाया। वह बाहर पोर्च में आ गई। रायबहादुर के कमरे की खिड़की से आता प्रकाश पोर्च के पास उन सीढ़ियों पर गिर रहा था। सीढ़ियाँ ठण्डी थीं और पोर्च के पास लगी रातरानी महक रही थी। खिड़की से आती जिस महक ने जीवन-भर रायबहादुर को प्रसन्न किया उससे आज यमदूत भी प्रसन्न था। नर्स पास बैठी थी, खामोश। सितार फिर बजने लगा, रीढ़ की हड्डी फिर गुलाब में बदलने लगी—यों ही एक घण्टा बीत गया, दो से तीन बज गए। रायबहादुर के बंगले की खामोशी में तीन के घण्टों का यों टपटप टूटना किसीको पता न लगा। यह खबर पोर्च पर भी न लगी और न शहर में कोई जान सका। रोज़ ही ऐसा होता है इस बड़े शहर में कि रात-भर साँसें और कारों की लाहट परस्पर टकराया करती हैं और तीन कब बज जाते हैं, पता नहीं लगता।

तीन बजे के कुछ बाद रायबहादुर की आँखें खुलीं। प्रकाशमय कमरे में उन्होंने सब ओर देखा और उन्हें लगा कि एक बड़ी लम्बी नींद के बाद वे जागे हैं। वे लेटे-लेटे खुद की बीमारी के बारे में सोचने लगे और उससे जो बिज़नेस पर नुकसान हो रहा है, उसकी चिन्ता उन्हें सताने लगी। उन्होंने सोचा कि यदि वे ठीक न हो पाए! वे काफी उमर जी चुके हैं। इस उमर में उन्होंने बहुत किया है। अपने व्यवसाय को कलकत्ता तक फैलाया, दो नई फैक्टरियाँ डालीं, एक फार्म खरीदा, एक सिनेमा हाउस बनवाया और यह नया बंगला। उन्होंने सब सुख देखे हैं। लड़कियाँ, शराब और विदेश-यात्रा। खूब नेक काम किए हैं, चन्दा दिया है, दान में रकम निकाली है और यश पाया है। उनका हिसाब हमेशा ठीक रहा, सरकार उनके कमाए ब्लैक-मनी का कभी पता नहीं लगा सकी। वे बराबर टैक्स देते थे और अफसर

उनसे हमेशा खुश रहे थे। उन्होंने सन्तोष की साँस ली और उस खिड़की की ओर देखा, जिससे रातरानी की महक आ रही थी। पर कुछ देर बाद उन्हें लगा कि आज खिड़की से सिर्फ महक ही नहीं आ रही, साथ में कुछ मीठे स्वर भी हैं, हँसी और चुलबुलाहट भी है, कुछ पीड़ामय चुम्बन भी हैं। उन्हें आश्चर्य हुआ, इतनी रात पोर्च में कौन होगा ? वे उठे और धीरे-धीरे खिड़की के पास गए। सीढ़ियों पर उन्हें ओवरकोट वाली एक पीठ दिखी और मफलर और उससे सटी हुई एक लड़की, वह नर्स ! यह कौन है, उन्होंने सोचा। उनका लड़का आनन्द, हाँ और कौन हो सकता है उस नर्स के साथ जो यहाँ सेवा में रहती है ! मेरी बीमारी का यह फायदा मिला बेटे को। कुल कलंकी, नीच। इसकी वे इस वर्ष शादी करना चाहते थे, दुष्ट। रायबहादुर काँपने लगे। उनका शरीर क्रोध में ज़ोर-ज़ोर से हिलने लगा। उन्हें एक क्षण को ख्याल आया कि वे दिल के रोगी हैं और उन्हें गम्भीर रहना चाहिए, पर वे अपने क्रोध को रोक नहीं सके। वे ज़ोर से चिल्लाना चाहते थे और वे चिल्लाए भी, पर आवाज़ फूट नहीं पाई। वे गिरने लगे और उन्होंने टेबुल पकड़नी चाही, पर वे बजाय टेबुल के टेबुल-क्लाथ पकड़ पाए, जो उनके वज़न के साथ स्याही की बोतल लिए नीचे आ गिरा। बोतल टूट गई और उनके चेहरे व कमीज़ पर काली स्याही फैल गई।

नर्स दौड़कर अन्दर गई।

दूसरा यमदूत, जो रात-भर इधर-उधर भटक अब रायबहादुर के बंगले में आ गया था, पोर्च के पास पहुँचा और बोला, "बहुत हो गया गुरू, अब चलो। नहीं हमारा भी एक्सप्लेनेशन कराओगे।"

"हाँ, उषा काल हुआ जाता है, फिर ही चलते हैं।" पोर्च पर बैठे यमदूत ने उत्तर दिया।

जब मैं और विजय घूमने निकले, सूरज पूरी तौर से नहीं निकला था और गिनने लायक एक-दो तारे डूबने से बच गए थे। इसे ही उषाकाल कहते हैं। विजय सुस्त था, क्योंकि रात-भर जागा था। मैं भी सुस्त था, क्योंकि काफी रात तक मैं सितार की गूँज में यमदूत और नर्स के रोमांस की व्यर्थ कल्पनाएँ कर कोई कहानी बनाता रहा था। रात-भर मेरा मन भटका, कभी मैं नर्सेज़ क्वार्टर जाता और वहाँ एक स्कूटर खड़ा देखता। कभी रायबहादुर के बंगले जाता और पोर्च पर किसी जोड़े को बैठे देखता। मैं सोचता कि क्या ऐसा हो सकता है कि कोई यमदूत पृथ्वी पर आए किसी के प्राण लेने, मानो रायबहादुर के ही, और इलाज करती किसी

नर्स की सेवा या सौन्दर्य पर मुग्ध होकर यहीं रहने लगे। वह शख़्स मर न सके, जिसकी बारी हो। तब क्या होगा ? उस काल्पनिक दुनिया में, जहाँ स्वर्ग और नर्क हैं, ज़रूर हलचल मच जाएगी। पहले भी तो हलचल मची थी, जब सत्यवान जीवित रह गया था। ऐसा क्यों नहीं होता ? नर्सें भी तो बहुत ज़िम्मेदार हैं। कोई भी मरीज़ सत्यवान या असत्यवान, जिनकी सेवा में वे तैनात हों, उन्हें बचाने के लिए वे क्या कम कोशिश करती हैं। पर यमदूत पत्थर के होते हैं, उन्हें नर्सें रोक नहीं पातीं। वे आते हैं और चले जाते हैं। वे उन्हें रोक नहीं पातीं।

मैं विजय को एक कथानक सुनाना चाहता था पर मैंने नहीं सुनाया, क्योंकि मुझे डर था कि वह हँसेगा। शायद उसे यह भी अच्छा न लगे कि मैं नर्स और यमदूत के रोमांस को सहानुभूति से विचारता हूँ और विजय के बारे में कुछ नहीं सोचता, जो अभी लम्बी बीमारी से उठा है। प्रेम करने में असमर्थ है और राह चलती नर्स को सिर्फ देखकर रह जाता है। हम इसीलिए खामोश जा रहे थे। रायबहादुर के बंगले के पास पहुँचे, तब तक सूरज की किरण फूट गई थी। उसी हल्के उजाले में हमने देखा कि दो स्कूटर उस बंगले से निकले और तेज़ी से हमारे पास से गुज़र गए।

"सुबह-सुबह यमदूत के दर्शन हो गए !" मैंने कहा।

"एक नहीं दो। दूसरा भी उतना ही बदशक्ल है।" विजय बोला, फिर वह हँसा और कहने लगा, "उसके पास प्लास्टिक की थैली भी है।"

"हाँ, मगर अब शायद इसमें रायबहादुर के प्राण बन्द होंगे।"

इस पर हम फिर हँसे पर हमारा हँसना एक अपशकुन ही था। जब हम उस लम्बी सड़क पर काफी दूर तक वड्र्सवर्थी करने के बाद डेढ़-दो घण्टे में वापस आए, हमने देखा कि रायबहादुर के बंगले के बाहर बहुत भीड़ है। उनका देहान्त हो चुका था। मैं और विजय वहीं खड़े हो गए। भीड़ में हमारे कुछ परिचित थे, उनसे बातें करने लगे। लोगों की चर्चाएँ सुनने लगे।

"बीमार तो बहुत दिन से थे।"

"अब उम्र भी काफी हो गई थी।"

"यों भी एक दिन सबको जाना है, भैया ! क्या बड़ा क्या छोटा।"

"हुआ कैसे एकाएक, रात को तो ठीक थे।"

"दो बजे तबीयत बहुत बिगड़ गई थी। डॉक्टर चटर्जी आए थे और इंजेक्शन दिया। नर्स की ड्यूटी लगा गए थे। तीन बजे तक आराम से सोए। आनन्द बाबू जाग रहे थे, नर्स भी जाग रही थी। पता नहीं रात को कब वे उठे। शायद कुछ

लिखना चाहते थे, टेबुल तक गए, पर गिर गए।''

''खुद उठ पड़े। आनन्द बाबू कहाँ थे ? नर्स तो थी ना ?''

''वहीं पोर्च के पास। रायबहादुर को नींद में देख सोचा, अब आराम करने दो। पर पता नहीं वे कब उठ गए और टेबुल तक पहुँचे। नर्स ने उनके गिरने की आवाज़ सुनी तो दौड़ी।''

''अब साहब, होनी को कौन रोक सकता है ?''

''यह तो है ही।''

फिर चुप्पी हो गई।

''आपको किसने खबर दी ?''

''सुबह आनन्द बाबू और उनके दोस्त स्कूटर पर शहर आए थे कहने। मैंने सुना तो सीधा भागा आ रहा हूँ। बुरा हुआ।''

''कलकत्ता से कब आए, आनन्द बाबू ?''

''परसों।''

''चलो, मरने के पहले रायबहादुर ने बेटे का मुँह देख लिया।''

मैं और विजय आगे बढ़ गए। जिसे हम शक्ल-सूरत के कारण यमदूत कह रहे थे, वह रायबहादुर का लड़का आनन्द है, जो कलकत्ता में व्यापार करता है और जिसके नाम से रायबहादुर ने आनन्द टाकीज़ बनवाया, जहाँ आजकल 'चार दरवेश' फिल्म चल रही है।

विजय चुप था। मैं सोच रहा था कि क्या कोई कहानी बन सकेगी इन सब बातों पर !

मुद्रिका-रहस्य

✳ ✳ ✳

उन दिनों विक्रमादित्य के दरबार में ले-देकर कवि कालिदास की ही चर्चा होती थी। 'शाकुंतल' के प्रदर्शन की तैयारियाँ सरकारी तौर पर चल रही थीं और श्लोकों के उच्चारण, अर्थ एवं रस को लेकर सारा दिन कर्मचारियों में चखचख चलती रहती। राजा विक्रम को उन दिनों कोई काम नहीं था। परम शत्रु शक पराजित हो चुके थे और सातवाहन का उदय नहीं हुआ था। इधर-उधर सेनाएँ भेजकर वह काफी हद तक चक्रवर्ती हो चुके थे और सभी ओर पृथ्वी के स्वामी के नाम से बजते थे। राजाओं के लिए ऐसा समय कला और साहित्य की चर्चा और कामशास्त्र के निर्णयों पर अपने अनुभवों के आधार पर विवेचन करने के लिए उपयुक्त रहता है। नृत्य के मज़े लिए जाते और पद्मिनी की तलाश में सिंहल जाने के मनसूबे बनते। हरामखोर विदूषकों को ऐसे दिनों अक्सर ओवरटाइम करना पड़ता, क्योंकि राजा उन्हें छोड़ता नहीं। सिंहल न भी जाएँ, आसपास के क्षेत्रों में विहार को तो जाते ही। कवि कालिदास ऐसे सभी समय साथ चिपके रहते। उनकी प्रतिभा का बड़ा हल्ला था। संस्कृत सिखाने के बहाने विक्रम की बेटी प्रियंगुमंजरी से उनका रोमांस चल रहा था। कुल मिलाकर सुखद घटनाओं वाले वे अच्छे दिन थे। उज्जयिनी नगरी फल-फूल रही थी। व्यापार एवं आवागमन बढ़ गया था। तिकड़मी आदमी थोड़ी कोशिश कर रास्ता निकाल लेता था।

तब 'अभिज्ञानशाकुंतल' की मात्र दो प्रतियाँ पाई जाती थीं। एक कालिदास की अपनी प्रति और इसकी वह सुसज्जित प्रति, जो उन्होंने राजा विक्रमादित्य को

भेंट की थी। और प्रतियाँ कराने के आदेश दे दिए गए थे। भोजपत्रों का ढेर एक कमरे में इकट्ठा कर दिया गया था। काम चालू था।

ठीक उन्हीं दिनों क्षीरसागर से महाकाल मन्दिर तक जानेवाले उज्जयिनी के व्यस्त मार्ग पर एक पुस्तक-विक्रेता हर शाम बैठता था, जिसके आसपास सदैव ग्राहकों की भीड़ लगी रहती। उसके पास कामशास्त्र, सती नारियों के चरित्र, दुर्गा स्तोत्र, राजा गर्दमिल की कथा के अतिरिक्त घुंडीराज जासूस के कारनामों की विभिन्न पुस्तकों की माँग बढ़-चढ़कर रहती थी। दिन-भर दरबार में बैठे कालिदास की कविताओं का गुणगान करनेवाले दरबारी भी जब घर लौटते, तो फुटपाथ से ऐसी एक जासूसी पोथी खरीद लेते और वस्त्रों में छुपाए घर ले आते। विक्रम की रानियाँ भी चुपके से वे पुस्तकें मँगवातीं और तकियों के नीचे छुपाकर रखतीं। जब राजा आखेट को जाते, रनिवास में इन किताबों का सामूहिक पाठ होता।

इन जासूसी पुस्तकों का रचयिता कालिदास की तरह सम्मानित नहीं था। एक गरीब ब्राह्मण, जो प्रतिमाह अपनी बुद्धि से एक ऐसी जासूसी पुस्तक लिख देता और बदले में फुटपाथ के दुकानदार से कुछ मुद्राएँ प्राप्त कर लेता। कहा जाता था कि लेखक को गुरु का शाप है कि तेरी विद्या ख्यातनाम होगी, पर अमर नहीं हो सकेगी। इसके पीछे एक घटना थी—जब वह आश्रम में पढ़ता था, तब गुरु को प्रातः पुष्पहार लाकर देनेवाली क्षुद्र जाति की युवती के साथ उसने कुकर्म किया था, जिसकी शिकायत कुछ दिलजले ब्राह्मणों ने गुरु से कर दी थी। गुरु ने शाप देकर उसे आश्रम से निकाल दिया। बिचारा युवक जानता था कि आश्रम से निकाले जाने के कारण अब उसे राजपक्ष से तो सम्मान मिलेगा नहीं। वह छोटी-छोटी पुस्तकें लिखकर कमाने लगा। उसके लिखे घुंडीराज जासूस के कारनामे चल निकले और पब्लिक में उसकी माँग होने लगी।

इन जासूसी पुस्तकों के पात्र होते थे राजा, मन्त्री, नगर के जुआरी, शराबी, राजा का लंपट साला, भैरवनाथ के पुजारी, जौहरी के बेटे, सराय की छबीली भटियारिनें, दासियाँ, तंबोलनें, गणिकाएँ, विषकन्याएँ और शत्रु-राज्य में रूप धरकर आए व्यापारी। सारा घटनाक्रम सनसनी-खेज़, हैरतअंगेज़, यानी रोम-रोम को कँपा देनेवाला होता था। अन्त बताया नहीं जाता था, प्रारम्भ समझ नहीं आता था, यानी जब तक पुस्तक समाप्त न हो, चैन नहीं मिलता था।

वास्तव में इन कृतियों का नायक घुंडीराज जासूस अपने-आपमें एक अद्भुत चरित्र था। कुशल ऐयारों की तरह अनेक प्रकार से वेश बदलना जानता था, कभी जोगी, कभी सामन्त, कभी बहेलिया और कभी अभिसार हेतु जाती कड़े-छड़े बजाती

सुन्दर युवती। उसके पास एक अद्भुत मणि थी, जो अन्धकार में प्रकाश करती थी। उसकी तलवार आवश्यकता न होने पर तह की जा सकती थी। वह पशु-पक्षी और कीड़ों की आवाज़ें मुँह से निकाल लेता था। अनेक भाषाएँ जानता था। साँप-बिच्छू काटे का मन्त्र उसे सिद्ध था और पक्षियों की परस्पर बातचीत समझ लेता था। वह अपनी कमर में हमेशा एक पतली रस्सी बाँधे रहता, जिसमें फन्दे लगाकर कभी वह भागते अपराधी को पकड़ता, ऊँचे झरोखों पर चढ़ जाता या कुएँ में लोटा डाल पानी खींच लेता। सारे छलछिद्रों और खटकरम में परम आचार्य होने पर भी वह जासूस घुंडीराज स्वभाव से धार्मिक था। ऐसे ही कामों में मदद करता, जिससे न्याय की रक्षा हो और राजा उसे पुरस्कार दे। उसका हर काम सफल होता था, जैसाकि किताबी जासूसों का होता है।

लेखक के अनुसार जब घुंडीराज जासूसी चक्कर में जाता, एक काष्ठ का सन्दूक साथ लिए रहता था, जिसमें एक ऐसी अद्भुत कल लगी थी कि सिवाय घुंडीराज के उसे कोई नहीं खोल सकता था। निश्चय ही लेखक का तात्पर्य ताले से होगा। इस सन्दूक में वक्त-ज़रूरत लगनेवाला सभी सामान रहता था, जैसे चेहरा रंगने का रंग-रोगन, ताँबे का अष्टकोणी प्रतिबिंब, नकली दाढ़ी-मूँछें, प्रेत-बैतालों का स्वरूप बनाने के लिए मुखौटे, तेज़ फलक का चाकू, बेहोशी दूर करने के लखलखे, गोरोचन, तुलसी की पत्ती, कुँआरी कन्या का काता सूत, नील कमल की जड़, तिरफला पाउडर, शेर की चरबी, गाय का असली घी, ततैया का डंग, पंचांग, कस्तूरी, मयूर की शिखा, हिरन के सींग का बाजा, सत्तू, गुड़, गंगाजल, चूना, सुपारी, केश काढ़ने की कंघी, रुद्राक्ष की माला, संखिया, चकमक, व्याघ्रचर्म, पानी पीने का लोटा, कौड़ियाँ, मुद्राएँ, पूजन का सामान और ओढ़ने की चादर। इन सारे सामानों से लैस जासूस उस ज़माने में किसी भी समय कुछ भी कर सकता था। घुंडीराज हृष्ट-पुष्ट और सुन्दर व्यक्ति था। वह गले में ताज़ा फूलों की माला डाले रहता। सुन्दर मोटा जनेऊ धारण करता और बाँह में स्वर्ण का कंकण बाँधता। वह रतिकला में कुशल और स्तम्भन में प्रवीण था। गणिकाएँ उससे सहवास के लिए वर माँगती और टोटके करती थीं। वह भी अनेक स्त्रियों से सम्पर्क रखता था। कुल मिलाकर वह अपने समय का जेम्स बांड था। यदि वह गण्डासे से किसी की हत्या करता तो अपराधी नहीं माना जाता था। राजा ने प्रसन्न होकर उसे अभयमुद्रिका दे रखी थी।

सो उन दिनों जब विक्रमादित्य के दरबार में कालिदास के 'अभिज्ञानशाकुन्तल' की बड़ी चर्चा थी, तब घुंडीराज जासूस के कारनामों की सिरीज़ का एक नया प्रकाशन हुआ—'मुद्रिका-रहस्य उर्फ असली किस्सा कुमारी शकुन्तला का'। जिसने बिक्री के

सभी पुराने रिकॉर्ड तोड़ दिए। भोजपत्र पर जितनी नकलें तैयार होतीं, शाम को बिक जातीं। चालू भाषा में लिखी इस पुस्तक का आरम्भ कुछ यों था—

श्री गणेशाय नमः। अथ 'मुद्रिका-रहस्य' की कथा लिखता हूँ सो सुनो। प्रातःकाल की मनोरम बेला थी। ब्राह्मणजन पवित्र सरिताओं में स्नान कर नित्य के अनुसार भीख माँगने निकल गए थे। क्षत्रियजन अपनी तलवारें चमका रहे थे और विचार कर रहे थे, आज किस दिशा में जाकर किस शत्रु से लड़ा जाए। वैश्यजन अपनी तराजू का सन्तुलन गड़बड़ कर रहे थे। शूद्रजन शासन को कोसते हुए सफाई कार्य में व्यस्त थे। केवल रात्रि के श्रम से थकी गणिकाएँ एवं चोर ही इस समय तक बेखबर सो रहे थे। ऐसे समय नित्य की भाँति चतुरों में चतुर शिरोमणि जासूस घुंडीराज प्रातःकर्म से निवृत्त हो अपने कक्ष में आ विराजे थे। रेशम के परिधान धारे, गले में श्वेत पुष्पों की माला पहने तथा अपनी स्वस्थ भुजाओं में कंकण बाँधे वे ऐसे सुन्दर दृष्टिगोचर हो रहे थे मानो कामदेव और इन्द्र के मिले-जुले अवतार हों।

कोमल शुभ्र आसन पर विराजने के तुरन्त उपरान्त उन्होंने अपने प्रिय सहचर चतुराक्ष को बुलाकर कहा—''ओ चतुराक्ष, कल दिन नगर में कौन-कौन-सी विशेष घटनाएँ घटीं, सो सुना।''

चतुराक्ष उतावला हो रहा था। हाथ जोड़ कहने लगा—''स्वामी, कल महाराजा दुष्यन्त के दरबार में विचित्र घटना घटी।''

''क्या, क्या, जल्दी कह, मैं जिज्ञासु हुआ जाता हूँ।''

''एक युवती, जिसका नाम शकुन्तला बताते हैं, जो कण्व के आश्रम में पली है, कल कुछ निगोड़े साधुओं के साथ दरबार में आई और राजा से बोली कि तुम मेरे पति हो सो मुझे ग्रहण करो।''

''सो कैसे ?''

''कहती थी, तुमने कण्व ऋषि के आश्रम में आकर मेरे साथ गन्धर्व विवाह किया है।''

''इस पर राजा ने क्या कहा ?''

''राजा ने कहा—'हे देवी, गन्धर्व विवाह की भली चलाई, मैं तो तेरे दर्शन ही पहली बार कर रहा हूँ। तू है कौन ?' ''

''फिर क्या हुआ ?''

''तिस पर वह रूपगर्विता आश्चर्य व्यक्त कर अपने भाग्य को कोसती प्रलाप

करने लगी कि हाय-हाय, देखो, आज मेरा पति ही मुझसे विमुख हुआ जाता है !''

''राजा ने युवती से प्रमाण नहीं माँगा ?''

''माँगा, पर युवती शकुन्तला ने कहा, 'अब तो मेरे पेट का गर्भ ही प्रमाण है, क्योंकि जो मुद्रिका तैने दी थी, वह खो गई।' ''

''गर्भ तो कोई प्रमाण नहीं हुआ !''

''यही तो राजा ने कहा।''

घुंडीराज और चतुराक्ष परस्पर बातचीत कर रहे थे कि सेवक ने आकर निवेदन किया कि वल्कल वस्त्र धारे एक युवती आपसे मिलना चाहती है।

''लो चतुराक्ष, लगता है वही आई है जिसकी हम चर्चा कर रहे हैं। अब शेष कथा उसीसे सुनूँगा। तू टोह में रहना कि अब राजा क्या करता है एवं नगर में क्या प्रवाद फैल रहा है ?''

''जो आज्ञा।''

उपरान्त घुंडीराज ने सेवक को कहा कि युवती को कक्ष में बुलाए एवं आसन दे।

शकुन्तला आई और प्रणाम कर बैठ गई। घुंडीराज शकुन्तला का सौन्दर्य देख ठगे-से रह गए और विचारने लगे कि यदि कण्व के आश्रम में ऐसा माल भरा है तो वहाँ एक बार अवश्य जाना चाहिए।

''आप आश्रमवासिनी प्रतीत होती हैं।'' घुंडीराज ने शकुन्तला से कहा।

''सचमुच, जैसा मैंने सुना था, आप बड़े चतुर हैं। आपने कैसे अनुमान किया कि मैं आश्रमवासिनी हूँ ?''

''कोई कठिन नहीं। वल्कल वस्त्र पहनने और कान में कुण्डल डालने का चाव अब नगर की स्त्रियों में नहीं रहा, परन्तु आश्रम-कन्याओं एवं भीलनियों में अभी ऐसा रिवाज शेष है। मैंने इसी से पहचाना।''

''आश्चर्य है।''

''आप दक्षिण दिशा से आई हैं ?''

''हाँ, हाँ, पर यह आपने कैसे पहचाना ?''

''कोई कठिन नहीं,'' घुंडीराज ने कहा, ''पवन का वेग इन दिनों दक्षिण से उत्तर की ओर है तथा आपके केश उड़-उड़कर कपाल और कपोल पर जम गए हैं। आप चिन्तित प्रतीत होती हैं।''

''आप ठीक कह रहे हैं। मैं अपनी चिन्ता के कारण ही आपसे सहायता लेने आई हूँ।''

"निर्भय होकर मुझे सच-सच बताइए।"

"मेरा नाम शकुन्तला है और मैं कण्व ऋषि के आश्रम में···"

"माता-पिता ?"

"माता मेनका है, जो इन्द्र के अखाड़े में नाच करती है। पिता ऋषि विश्वामित्र हैं। जब वह तपस्या कर रहे थे, तब इन्द्र ने मेरी माँ···"

"अच्छा-अच्छा, वह काण्ड, हाँ, मैंने सुना है। तो तुम मेनका की पुत्री हो। तुम्हारी अम्माँ के तो बड़े चर्चे हैं। खैर, अपनी कहो।"

"कण्व के आश्रम में ही मैं पली हूँ। कुछ माह पूर्व आश्रम में राजा दुष्यन्त का आगमन हुआ। उन्होंने मुझसे गन्धर्व विवाह का प्रस्ताव किया। ऋषि थे नहीं और प्रतीक्षा के लिए समय नहीं था, सो मैंने स्वीकार कर लिया।"

"इस आयु में प्रायः ऐसा हो जाता है।"

"जो भी हो, हमारा विवाह हो गया। पर कल जब कण्व के घर से विदा होकर यहाँ आई, तो मेरे पति राजा दुष्यन्त ने मुझे पहचानने से इनकार कर दिया।"

"आपने याद नहीं दिलाई। राजा लोग यात्रा में यहाँ-वहाँ विवाह कर लेते हैं और राजधानी आकर भूल जाते हैं। पर आप जैसी सुन्दरी को एक बार देखकर कोई भूल जाए, सहसा विश्वास नहीं होता !"

"सिर्फ देखा ही नहीं, मैं उनकी विवाहिता हूँ, उनके होने वाले शिशु की माता।"

"यह तो दुखद प्रसंग है। आपके पास कोई प्रमाण नहीं ?"

"एक मुद्रिका राजा ने दी थी, सो खो गई।"

कुछ देर चुप विचार करने के बाद घुंडीराज ने कहा, "बताइए, मैं आपकी क्या सेवा करूँ ?"

"आप बड़े जासूस हैं। आपने कई मामलों को सुलझाया है। कण्व-आश्रम के ब्रह्मचारी लड़के वेदपाठ को छोड़ आपके किस्से सुनाते रहते हैं। यदि आप इस रहस्य का पता लगा सकें कि राजा दुष्यन्त मुझे क्यों भुला रहे हैं और किसी तरह इस विपत्ति से निकाल मुझे रानी बनवा दें, तो मैं आपको मुँहमाँगा धन दूँगी।"

घुंडीराज ने इस हेतु पूरा उद्योग करने का वचन शकुन्तला को दिया और विदा कर दिया।

शकुन्तला के जाने के बाद घुंडीराज ने अपने सहचर चतुराक्ष को आवाज़ दी। वह तुरन्त आ खड़ा हुआ।

"मामला कुछ समझ नहीं आ रहा। शकुन्तला का बयान सच है या राजा को फँसाने के लिए तिरिया चरित्र कर रही है ? यदि ऐसा है, तो पता नहीं, इसमें

किसका हाथ है ? कण्व का तो नहीं ? यह अजीब बात है कि दुष्यन्त को शकुन्तला का स्मरण क्यों नहीं ? वह सचमुच भूल रहा है या नाटक कर रहा है ? क्या यह वही शकुन्तला नहीं, जिससे वह आश्रम में मिला था ? अथवा यह वह दुष्यन्त नहीं ? फिर वह व्यक्ति कौन था, जो कण्व की अनुपस्थिति में आश्रम में गया—दुष्यन्त राजा का रूप धरे, और कुमारी शकुन्तला का कौमार्य भंग कर चला आया ? पर वह 'छल्ला निशानी' के बतौर राज-मुद्रिका भी तो दे आया था। वह कहाँ गई ? हो सकता है, शकुन्तला को दुष्यन्त के यहाँ जाता देखकर उसी व्यक्ति ने राज-मुद्रिका गायब करवा दी हो, जो आश्रम में दुष्यन्त का रूप धरे गया था। समझ नहीं आता।''
घुंडीराज जासूस इतना कहकर कक्ष में घूमते हुए विचार करने लगे।

कुछ देर बाद वे चतुराक्ष से बोले, ''सुनो, इस मामले की हर कोण से छानबीन करनी पड़ेगी। तुम जाओ और राजा के भवन पर जाकर किसी तरह इस सत्य का पता लगाओ कि क्या कुछ माह पूर्व वास्तव में राजा दुष्यन्त कण्व के आश्रम गया था ?''

''जो आज्ञा,'' कहकर चतुराक्ष चला गया।

चतुराक्ष ने रथ लिया और राजा के महल की ओर चल पड़ा। राजा का सारथी उसका परिचित था। यों ही नमस्कार-चमत्कार के संबंध। उस समय वह रथ पर बैठा तांबूल चर्वण कर रहा था। चतुराक्ष ने अपना रथ समीप ही रोका और सहज रूप से सारथी से पूछा, ''कहो मित्र, कहीं गए नहीं, यहीं हो ?''

''कहाँ जाएँ, हम तो राजा के अनुचर हैं। वह जहाँ जाना चाहेगा, वहीं जाएँगे।''

''सो तो ठीक है, पर तुम राजा को हमेशा शिकार के लिए ही ले जाते हो। कभी ऋषियों के आश्रम की भी सैर करा लाया करो।''

''क्यों, क्या बात है ?''

''कल कुछ साधू व्यर्थ ही राजा के विरुद्ध बक रहे थे कि सदैव मृगया को ही जाता है। कभी सन्तों-ऋषियों के दर्शन को नहीं जाता।''

''गलत बकते हैं। राजा प्रायः साधुओं के आश्रम पर जाते हैं। सिद्धजोगी के मठ पर तो पन्द्रह दिनों में एक बार जाते ही हैं।''

''कहाँ है यह मठ ?''

''कण्व आश्रम के मार्ग में ही है। तीन-चार माह हुए, राजा कण्व आश्रम भी गए थे। पर तब ऋषि वहाँ नहीं थे। राजा कुछ प्रहर रुके और चले आए। रात हो गई थी। हमें लौटती बेला सिद्धजोगी के आश्रम में रुकना पड़ा। राजा को यह आश्रम पसन्द आया। तभी से वहाँ प्रायः जाते हैं। झूठ बकते हैं साधू लोग।''

''दुष्ट हैं। बताओ, ऐसे प्रतापी राजा ऋषियों के दर्शन नहीं करेंगे, तो उनका यश कैसे फैलेगा ?'' चतुराक्ष ने तुरन्त रथ बढ़ाया और इधर-उधर का चक्कर मारकर घर आ गया।

यह निश्चित हो जाने पर कि दुष्यन्त वास्तव में कण्व के आश्रम गया था, घुंडीराज को शकुन्तला के बयान में सन्देह नहीं रह गया था। पर उन्होंने सोचा कि एक बार कण्व के आश्रम में चक्कर लगाना व्यर्थ नहीं होगा। हो सकता है, वहाँ कोई सुराग मिले। यों भी जब से शकुन्तला को देखा, घुंडीराज कण्व ऋषि के आश्रम जाना चाहते थे, अतः जल्दी ही वे आश्रम की ओर चल पड़े। चतुराक्ष रथ चला रहा था।

आश्रम के बाहर रथ रोक घुंडीराज अन्दर घुसे। दोपहर हो गई थी। कुछ लड़कियाँ आश्रम के द्वार के पास वाले वृक्षों को सींच रही थीं और आपस में इतरा-इतराकर बातें कर रही थीं। वास्तव में यह इन लोगों की पुरानी आदत थी कि दूर से किसी पुरुष को आता देख ये पेड़ों को पानी देने के बहाने आश्रम-द्वार के पास आ जातीं और ऐसे सहज बनी रहतीं, जैसे किसी को देखा ही नहीं हो। घुंडीराज कुछ देर इन्हें ताकते रहे, फिर आगे बढ़े।

''सुन्दरियो, क्या यही कण्व ऋषि का आश्रम है ?''

''इस भीषण जंगल में और किसका आश्रम होगा ?''–प्रियंवदा नामक आश्रम-कन्या ने ठण्डी साँस लेकर और बिलकुल शास्त्रीय अंदाज़ से चितवन के तीर चलाते हुए कहा, ''आप कौन हैं, महाशय ?''

''मैं घुंडीराज हूँ। कण्व ऋषि से मिलने आया हूँ।''

''हाय, हाय, आप घुंडीराज हैं ! मर गई मैं तो ! आपके विषय में बहुत सुना है। चलिए, उधर लता-गुल्मों में चलें। विहार करेंगे।'' प्रियंवदा ने अपना घड़ा एक ओर फेंका और पास आ गई।

''मुझे अभी गन्धर्व विवाह का समय नहीं है,'' घुंडीराज ने कहा।

''गन्धर्व विवाह नहीं, कोई और शैली सही, चलिए तो। क्या आप विवाह की राक्षस शैली पर विश्वास करते हैं कि कन्या की मर्ज़ी भी नहीं पूछी और बलात्‌···एँ ?''

''नहीं-नहीं, मैं यहाँ ऋषि से मिलने आया हूँ।''

''यदि ऐसा है तो प्रतीक्षा करनी होगी। ऋषि बाहर गए हैं।''

''ये तुम्हारे कण्व ऋषि हमेशा बाहर ही रहते हैं। जब राजा दुष्यन्त आया, तब भी बाहर थे ?'' घुंडीराज ने पूछा।

''शकुन्तला के सौभाग्य से, नहीं तो यह बुड्ढा तो हमें किसी से नहीं मिलने देता ।''

''सौभाग्य या दुर्भाग्य ? जानती नहीं, दुष्यंत ने शकुंतला को स्वीकार नहीं किया ।''

''अरे दुष्यन्त का बाप स्वीकार करेगा, शकुन्तला उसके धुर्रे बिखरे देगी । कण्व के आश्रम की लड़की है, मज़ाक है ! दुष्यन्त जैसे बहुत आए यहाँ गन्धर्व विवाह कर बाद में इनकार करने वाले, मगर कोई नहीं बच सका । एक बार गले में झूल गई, तो ज़िन्दगी-भर नहीं छोड़ेगी । दुष्यन्त समझता क्या है अपने को ?''

घुंडीराज लड़कियों का मुँह देखने लगे । भगवे और पीले रंग के कछौटे कसे, कान में कुण्डल डाले, आश्रम में पली वे स्वस्थ लड़कियाँ गोल बनाए खड़ी थीं । उन्हें देखकर यह सोचना कठिन था कि एक बार गन्धर्व विवाह कर इनसे पीछा छुड़ाया जा सकता है !

इतने में कण्व आते नज़र आए । अब सब लड़कियाँ भागकर यहाँ-वहाँ छुप गईं ।

कण्व पुराने ऋषि थे, खुर्राट । बीस-पच्चीस सालों से आश्रम चलाते थे और अच्छी रकम बना लेते थे । शिक्षा देने के बदले शिष्यों से आस-पास के जंगल की लकड़ियाँ कटवाना, खेती करवाना, गाय-ढोर पलवाने, सब्ज़ी-फल उगवाने के कार्य लिए जाते थे । ज़मीन आश्रम के नाम पर मुफ्त थी । परिश्रम भी मुफ्त हो जाता, सो सालाना रकम अच्छी बन जाती थी । राजा और धनाढ्य लोगों से रकम दान में मिल जाती थी । शिष्यों को गुरु-दक्षिणा देनी पड़ती । यदि वे गरीब होते, तो बाद में नौकरी कर चुकाते ।

कण्व से जब घुंडीराज ने बातचीत की, तो वह बड़बड़ाने लगे—''क्या बताएँ, हमारे आश्रम में ऐसे मामले साल में एक-दो हो ही जाते हैं ! आप ही सोचिए, मैं क्या कर सकता हूँ ! क्या आठों पहर निगरानी रखूँ ? नगर के छोकरे आकर आश्रम के चक्कर काटते हैं, सीटी बजाते हैं, गुण्डे कहीं के ! आज के ज़माने में शान्ति से आश्रम चलाना मुश्किल हो गया है । पहले ऐसा नहीं था । और किसीको क्या कहें, खुद राजा दुष्यन्त को लीजिए । यहाँ आया और उस छोकरी के साथ, क्या नाम है उसका⋯ ?''

''शकुन्तला ।''

''हाँ, शकुन्तला, वही, जिसे मेनका छोड़ गई थी और मैंने पाल-पोसकर बड़ा किया । पाखण्डी विश्वामित्र, बड़े ऋषि बनते हैं, राजाओं के यहाँ जाकर बड़ी रकम

मारते हैं, एक लड़की को नहीं पाल सकते ! अभी एक यज्ञ में मिल गए थे। मैंने शकुन्तला वाला मामला उठाया। मैंने कहा, छोकरी का ब्याह करना है, रुपया दो। सोलह साल से तुम्हारी बच्ची पाल रहे हैं, क्या मतलब होता है ? तो बोले, मैं तो उस प्रसंग को भुला चुका हूँ। वह मेरी बच्ची नहीं, अब तुम्हारी बच्ची है। मैंने कहा, बुड्ढे, ऋषि होकर तुझे शरम नहीं आती। मेनका के साथ मज़े मारने के लिए आप, और औलादें पालने के लिए हम ! धूर्त तपस्या का ढोंग करता है ! एक औरत सामने आ गई, तो लँगोटी खुल गई ! यहाँ बरसों से आश्रम चला रहे हैं, कोई किस्सा नहीं हुआ। पर आप बताइए घुंडीराज जी, मैं इन बाहर से आने वालों का क्या करूँ ? मैं राजा दुष्यन्त की बात कर रहा था। वह शकुन्तला से गन्धर्व विवाह कर चला गया। मैं थोड़ी देर को बाहर गया था, लौटकर आया तो पता लगा।''

''इससे आश्रम की बदनामी होती है,'' घुंडीराज ने कहा।

''अरे छोड़िए। लोग पैदा करके यहाँ-वहाँ बच्चे छोड़ जाते हैं। उनकी बदनामी नहीं होती और मैं उन्हें आश्रम में पाल-पोसकर बड़ा करता हूँ, तो बदनामी होती हैं क्या कहने !''—कण्व गुर्राए, ''इसलिए इस बार मैंने शकुन्तला को छोड़ने जानेवाले शिष्यों को कह दिया था कि अगर राजा स्वीकार न करे, तो इसे यहाँ वापस मत लाना, वहीं छोड़ आना। आप सोचिए घुंडीराज, मैं ऋषि हूँ। आखिर मुझे दुनिया में और भी काम हैं।''

''वह मुद्रिका नहीं मिल रही, जो राजा दुष्यन्त ने शकुन्तला को दी थी ?'' घुंडीराज ने पूछा।

''अरे, इन बातों में क्या रखा है ! पाँच हाथ की औरत सामने खड़ी है, उसे तो पहचाना नहीं, मुद्रिका पहचान लेगा ! कैसी बात करते हैं !'' कण्व बोले, ''फिर भी हम इतना बता दें कि अँगूठी यहाँ नहीं खोई है, रास्ते में गायब हुई है। मुझे तो लगता है, शकुन्तला के साथ गए इन साधुओं ने वह राज-मुद्रिका चुरा ली और नगर में बेच दी। आज प्रातः वे लोग आए हैं। मैं इन दुष्टों से पूछ रहा हूँ कि शकुन्तला को दरबार में तुम लोगों ने भी उसी दिन छोड़ दिया फिर चार दिनों से कहाँ गायब थे ? साले जवाब नहीं दे रहे !''

कुछ समय बाद, जब कण्व से बातें कर घुंडीराज आश्रम से निकलने लगे, तो द्वार के पास एकाएक किसी ने उनका मुँह कसकर दाब दिया और आँख पर पट्टी बाँधी दी। पीछे से किसी ने कटार-सी चुभोकर कहा, ''चुपचाप चले चलिए, जासूस महोदय !''

कुछ दूर इसी तरह ले जाने के बाद उन्हें एक स्थल पर बिठा दिया गया।

तब पट्टी खोली गई। चारों तरफ आश्रम-कन्याएँ खड़ी हँस रही थीं।

कहना न होगा कि उस दिन बिना गन्धर्व विवाह किए जासूस घुंडीराज कण्व आश्रम से बाहर नहीं आ सके।

कण्व आश्रम में घुंडीराज का काम नहीं बना। सिवाय प्रियंवदा के कोई विशेष उपलब्धि नहीं हुई। रथ में बैठे घुंडीराज यही सोच रहे थे। चतुराक्ष रथ चला रहा था। घुंडीराज जो भी काम हाथ में लेते थे, सफल होते थे। पर उन्हें लगा, इस बार वह सफल नहीं होंगे। शकुन्तला को अस्वीकार करने में सिवाय राजा की अनिच्छा के कोई कारण नज़र नहीं आता। जिस तरह कण्व आश्रम में लड़कियाँ घेरकर पकड़ती हैं, हो सकता है, दुष्यन्त भी इस तरह शकुन्तला के घेराव में आ गए हों और स्वाभाविक है, वह अब शकुन्तला से पीछा छुड़ाने के चक्कर में हों। पर राजा की उपस्थिति में लड़कियों ने ऐसा दुस्साहस नहीं किया होगा। घुंडीराज यही सोचते हुए जा रहे थे कि उनका रथ सिद्धजोगी के प्रसिद्ध आश्रम पर जा पहुँचा और तभी चतुराक्ष को दूर से आते राजा के रथ की ध्वजा दिखाई दी।

''शायद राजा दुष्यन्त आ रहे हैं,'' चतुराक्ष ने कहा।

''इधर कैसे ? क्या कण्व आश्रम ?''

''कण्व आश्रम नहीं, सिद्धजोगी आश्रम। उस दिन सारथी ने बताया कि पन्द्रह-बीस दिनों में एक बार राजा सिद्धजोगी आश्रम अवश्य जाते हैं।''

''ऐसा कितने दिनों से चल रहा है ?''

''तीन-चार माह से।''

''आश्चर्य है। कण्व आश्रम, जहाँ शकुन्तला थी, वहाँ जाने का समय दुष्यन्त नहीं निकाल पाए, पर उसी के समीप सिद्धजोगी आश्रम वे प्रायः जाते रहे। यह चक्कर क्या है ? लगता है, चतुराक्ष, इसमें कुछ रहस्य है। तू रथ को लता-वृक्षों की ओर में ले ले।''

राजा दुष्यन्त का रथ आया और सिद्धजोगी के आश्रम के मार्ग पर चला गया। सन्दूक से कतिपय आवश्यक वस्तुएँ ले हमारे घुंडीराज भी वृक्षों में छुपते आश्रम की ओर बढ़े।

यहाँ हम अपने प्यारे पाठकों को बता दें कि सिद्धजोगी का मठ पुराना है। घने वृक्षों की ओट में बने इस विशाल मठ के चारों ओर मज़बूत परकोट है, जिसपर यहाँ-वहाँ त्रिशूल गाड़े साधू चिलम पीते दिखाई देते हैं। मठ में सर्व साधारण का प्रवेश निषिद्ध है। अन्दर शिष्यों तथा साधुओं का बड़ा समूह रहता है। मठ के पास अपार सम्पत्ति है और दूर-दूर तक प्रभाव। अनेक स्त्रियाँ भी वहाँ रहती हैं,

जो विभिन्न योग क्रियाओं में साथ देती हैं। जासूस घुंडीराज जब अपनी प्रिय तलवार, जिसे वह जब चाहें तह कर सकते थे, वस्त्रों में छिपाए आश्रम के परकोटे के पास पहुँचे, तब तीसरा प्रहर हो चुका था। वह लुकते-छिपते परकोटे के चारों ओर घूमने लगे। वास्तव में वह एक ऐसे स्थान की तलाश में थे, जहाँ से वह मठ में सरलता से प्रवेश पा सकें। काफी खोजबीन करने पर उन्हें एक ऐसा स्थान मिल ही गया। घुंडीराज ने तुरन्त अपनी कमर में बँधी पतली रस्सी को खोला और फन्दा बनाकर परकोटे पर फेंका, जो एक बुर्जी से अटक गया। घुंडीराज फुर्ती से ऊपर चढ़ गए। अब वह एक ऐसी जगह पहुँच चुके थे, जहाँ से मठ के अन्दर का नज़ारा साफ-साफ दिखाई देता था। उन्होंने चारों तरफ नज़रें घुमाकर स्थिति का मुआयना किया। उन्होंने रस्सी समेटी और परकोटे से धीरे-धीरे चलते हुए उस स्थान पर पहुँच गए, जहाँ मठ की छत थी। छत पर वह सम्भलकर पैर रख रहे थे। घुंडीराज जानते थे कि यदि कोई खतरा हुआ, तो वह नीचे कूद सकते हैं।

छत पर एक स्थान से धुआँ निकल रहा था। शायद मठ का रसोई घर होगा, घुंडीराज ने सोचा, पर झाँकने पर कुछ और ही नज़ारा दिखाई दिया। धुआँ एक कक्ष के बीच बने कुण्ड से आ रहा था। पास ही व्याघ्र चर्म पर लम्बी दाढ़ी में शोभित एक योगीराज बैठे थे। पास ही एक सुन्दरी पंखा झलकर ठण्डक पहुँचा रही थी। योगीराज के सामने हाथ जोड़े राजा दुष्यन्त बैठे थे। घुंडीराज समझ गए कि यही दिव्य व्यक्तित्व वह सिद्धजोगी हैं, जिनके नाम पर मठ चलता है। राजा दुष्यन्त आजकल इनका ही भक्त हो रहा है।

''सुना, कण्व के आश्रम से कोई छोकरी आई थी तुम्हारी रानी बनने,'' योगीराज एकाएक गम्भीर स्वरों में बोले।

''हाँ, पर मैंने पहचानने से इनकार कर दिया,'' दुष्यन्त ने कहा।

''शाबास !'' और पंखा झलनेवाली लड़की की ओर देखकर बोले, ''वह स्थान तो हमारी माया के लिए सुरक्षित है।''

दुष्यन्त के चेहरे पर मुस्कराहट आ गई। उसने माया की ओर देखा। अब घुंडीराज का ध्यान भी माया की ओर गया। निश्चित ही वह शकुन्तला से सुन्दर थी। घुंडीराज के सामने एकाएक सारी स्थिति स्पष्ट हो गई। चूँकि राजा दुष्यन्त माया को रानी बनाना चाह रहे थे, इसी कारण शकुन्तला को टाल गए हैं।

''राजकोष में कितना धन है ?'' सहसा योगी ने पूछा।

''बड़े परिमाण में है, मैं अनुमान नहीं लगा सका,'' दुष्यन्त ने उत्तर दिया।

''नवमी को तुम जितना अधिक धन सम्भव हो, लेकर यहाँ आ जाओ। उसी

रात्रि बलि होगी, फिर तुम निष्कंटक राज करो। तभी हमारी माया रानी बनेगी।'' योगी ने आदेश के स्वरों में कहा।

''जैसी आज्ञा,'' दुष्यन्त ने उत्तर दिया।

''अब तुम जाओ। पंचमी को हमसे आकर मिल लेना। यदि हमें लौटने में देर हो, तो प्रतीक्षा करना।''

दुष्यन्त प्रणाम कर उठ खड़ा हुआ। घुंडीराज झाँकना बन्द कर हटे। पर तभी छत से पैर हटाने के कारण खटका हुआ।

''कौन है छत पर ?''—योगीराज का स्वर सुनाई दिया।

''वही होगा, घुंडीराज !''—माया ने कहा और उसकी हँसी के स्वर आए।

घुंडीराज के हाथ-पैर फूल गए। क्या उनका छुपकर आना माया को पता लग गया ? पर वह तो तब से पंखा झल रही है। फिर वह कैसे जान गई ? कुछ भी हो, अब यह स्थान जल्दी छोड़ देने में ही खैर है। तुरन्त एक जगह रस्सी का फन्दा अटका, वह दीवार के सहारे नीचे उतरने लगे। तभी एकाएक उतरते समय घुंडीराज को एक कराह सुनाई दी। किसी व्यक्ति की करुण कराह—'शकुन्तले···शकुन्तले !' घुंडीराज ने प्रयत्न किया कि यह आवाज़ कहाँ से आ रही है, पता लगाए, पर वह नहीं जान सके। फिर से मठ में घुसना तत्काल सम्भव नहीं था।

रथ नगर की ओर लौटने लगा। मामले को पूरी तरह समझकर भी वह नहीं समझे थे। कई गुल खिलने बकाया हैं। अनेक गुत्थियाँ हैं। योगीराज राजा दुष्यन्त से राजकोष के विषय में क्यों पूछ रहे थे ? दुष्यन्त ने कहा कि वह धन का अनुमान नहीं लगा सके ! राजा को पता रहता है, धन कितना है। यह धन क्या माया नामक सुन्दरी को प्राप्त करने के लिए दिया जा रहा है ? यह माया कौन है ? उसे घुंडीराज के छत पर होने का पता कैसे लगा ? योगीराज ने कहा, नवमी की रात बलि होगी। किसकी बलि होगी, जिसके बाद राजा दुष्यन्त निष्कंटक राज करेंगे ? और वह शकुन्तला का नाम लेकर कराहता हुआ स्वर किसका था ?

चतुराक्ष ने बताया कि पीछे से राजा का रथ आ रहा है। उनके आगे अपना रथ दौड़ना असम्मानजनक होता। चतुराक्ष ने रथ एक ओर खड़ा कर दिया। राजा दुष्यन्त उनका मित्र है। वे दोनों एक ही आश्रम में पढ़े हैं। राजा ने प्रायः घुंडीराज को बुलाकर गूढ़ मामलों में सलाहें ली हैं। कई बार वह राजा से पुरस्कार पा चुके हैं। वह घुंडीराज के साहस और जासूसी प्रतिभा के प्रशंसक रहे हैं। जब भी राजा से वह मिलते, वह कुशल-क्षेम के दो वचन अवश्य पूछता।

पर इस बार कुछ विचित्र हुआ। राजा को देख घुंडीराज ने झुककर प्रणाम

किया। राजा ने प्रणाम का उत्तर दिया, वैसे ही जैसे सामान्य प्रजाजनों को दिया जाता है और आगे बढ़ गए—अपरिचित-से। राजा के जाने के बाद घुंडीराज ने चतुराक्ष से कहा, ''इस राजा को क्या अपने सभी प्रियजनों को भुला देने की बीमारी हो गई है ?''

चतुराक्ष हँस दिया।

जासूसों में आदत होती है कि किसी भी मामले को हाथ में लेने के बाद शुरू में कुछ अर्थहीन तरीके से हाथ-पैर मारते हैं और दिग्भ्रमित-सा अनुभव करने लगते हैं पर बाद में एकाएक किसी तार्किक निर्णय पर पहुँचकर या महज़ साहस से एक ऐसी हरकत कर बैठते हैं, जो उन्हें मामले की उस गहराई तक पहुँचा देती है, जहाँ से उनका और पाठक का वापस लौटना कठिन होता है। 'मुद्रिका-रहस्य उर्फ असली किस्सा कुमारी शकुन्तला का' में भी यही हुआ।

दोपहर का समय। महाराज दुष्यन्त अपने कक्ष में बैठे अंगूर खा रहे हैं। तभी एक अनुचर आकर निवेदन करता है कि प्रतिष्ठानपुर से उनके व्यापारी मित्र और बालसखा आनंदवर्धन आए हैं और दर्शनों को उत्सुक हैं।

''आने दो···'' राजा ने एक क्षण सोचकर उत्तर दिया।

कुछ समय बाद कीमती वस्त्र धारे एक हँसमुख युवक राजा के कक्ष में आया। उसके हाथ में एक छोटी-सी गठरी थी। राजा दुष्यन्त उठे और आदर से उसे अपने पास बिठाया।

''कहो मित्र, कब आना हुआ ?''—राजा ने पूछा।

''मैं कल ही आया,''—युवक आनन्दवर्धन ने उत्तर दिया।

''और कहो, सब ठीक है ?''

''हाँ, इस बार मैं वह वस्तु ले आया हूँ, जिसके लिए आपने मुझसे कहा था।''

राजा ने आश्चर्य से देखा। इच्छा हुई कि पूछें, कौन-सी वस्तु है ? पर अपने मनोभावों को रोकते हुए वह बोले, ''अच्छा, यह तो प्रसन्नता की बात है। बताओ कहाँ है ?''

युवक ने राजा के कान के पास मुँह लाकर धीरे से कहा, ''असली शिलाजीत है। दस घोड़ों की शक्ति आ जाएगी। पर यहाँ नहीं, उद्यान में चलो। उपयोग की विधि भी समझानी होगी।''

असली शिलाजीत का नाम सुन राजा की आँखों में चमक आ गई। हाय, हाय, कहाँ मिलता है असली शिलाजीत ! दस घोड़ों का बल और माया जैसी रानी !

राजा तुरन्त उठे।

यहाँ हम पाठकों को बता दें कि राजा दुष्यन्त का उद्यान किसी भी भाँति स्वर्ग के उद्यान से कम नहीं। अनेक स्थलों पर ऐसे शीतल कुंज बने हैं, जिनमें छुपे प्रेमियों को बाहर से कोई नहीं देख सकता। राजा और उसके पूर्वजों ने अनेक बार इन कुंजों में रानियों, दासियों और नगर की कुमारिकाओं के साथ विभिन्न लीलाएँ की हैं। ऐसे ही एक कुंज में जाकर आनन्दवर्धन ने कहा, ''कई बार आपने कहा, यार, असली शिलाजीत दिलवाओ···पर मैं बहुत यत्न करने पर भी नहीं पा सका। पर इधर सौभाग्य से मुझे यह मिल गया।'' यह कहते हुए आनन्दवर्धन ने छोटी-सी गठरी खोली और एक सफेद बुकनी हाथ में लेकर कहा, ''देखो, कैसी सुगन्ध है।'' राजा ने बुकनी को सूँघा कि एकदम उसका सिर चक्कर खाने लगा और वह गिर पड़ा।

कुछ समय बाद उद्यान के एक कुंज से किसी पक्षी की आवाज़ आई उत्तर में उद्यान की दीवार के पार से दूसरे पक्षी की आवाज़। कुछ देर बाद दीवार फाँदकर एक युवक अन्दर आया, जिसे हम चतुराक्ष के नाम से जानते हैं। उसे देखकर आनन्दवर्धन नामक युवक ने, जो और कोई नहीं, हमारे प्रिय जासूस घुंडीराज ही हैं, कहा, ''मुझे निश्चय हो गया था कि राजा का रूप बनाए यह कोई दुष्ट ही है। राजा का प्रतिष्ठानपुर में आनन्दवर्धन नामक कोई मित्र नहीं, पर यह, जो दुष्यन्त का नाटक कर रहा था, असली शिलाजीत के नाम पर यहाँ तक चला आया, मूर्ख !''

''अब मुझे क्या आदेश है ?''–चतुराक्ष ने पूछा।

''इसे गठरी में बाँध घर ले जाओ और नीचे कोठरी में कैद कर सख्ती से पहरे में रखो।''

''और आप ?''

''मैं तब तक राजा का वेश बनाकर प्रयत्न करूँगा कि असली दुष्यन्त का पता लगे। तुम पंचमी को राजा के सारथी का वेश बना, सिद्धजोगी मठ के मार्ग में मिलना।''

पंचमी के दिन घुंडीराज, जो अब दुष्यन्त का वेश रखे थे, रथ लेकर प्रातः ही सिद्धजोगी के मठ चले गए। सारथी साथ नहीं लिया। मार्ग में चतुराक्ष सारथी का वेश बनाए खड़ा ही था। उसने अपना पद सम्भाल लिया। सिद्धजोगी नहीं थे। घुंडीराज को ऐसे ही अवसर की प्रतीक्षा थी। वह कक्ष में चले गए और सोचने लगे कि रहस्य तक पहुँचने के लिए क्या किया जाए ? वह इस उधेड़बुन में लगे ही थे कि पास के कक्ष में उसी लड़की माया का स्वर सुनाई दिया, ''कहो घुंडीराज,

क्या हाल है ?''

दुष्यन्त का वेश रखे घुंडीराज का चेहरा फक हो गया । यानी यह देवी उसका रहस्य जानती है । तो ठीक है, ओखली में सिर दिया, तो मूसलों का क्या डर । पहले इस स्त्री से ही सुलझ लिया जाए । वह साहस के साथ धड़धड़ाते हुए पास के कक्ष में घुस गए ।

''अरे, तुम कब आए ?''—माया ने, जो बैठी हुई एक काले रंग का बिल्ले को सहला रही थी, पूछा ।

''अभी चला आ रहा हूँ ।''

माया ने तभी बिल्ले को हाथों से छोड़ दिया और बोली, 'जाओ घुंडीराज, आश्रम के चूहे पकड़ो ।''

दुष्यन्त का वेश रखे घुंडीराज की जान में जान आई । तो इन दुष्टों ने अपने बिल्ले का नाम घुंडीराज रख रखा है ! इसी कारण उस दिन भी उन्हें पोल खुलने का डर लगा था ।

''तुम तो सचमुच राजा लगने लगे !'' माया ने कहा ।

''पता नहीं, यह राजयोग कब तक रहेगा !''

''अरे, तुम्हें क्या सन्देह ? अजीब हो ! आज से चार दिन बाद तो राजा दुष्यन्त की देवी के सामने बलि दी जाएगी, फिर तुम ही राजा हो । किसी को पता भी नहीं लगेगा ।''

''राजा दुष्यन्त ?''—वह हँसे ।

''दिन-भर पड़ा हुआ 'शकुन्तले-शकुन्तले' चिल्लाया करता है । मूर्ख, यह भी नहीं जानता कि मौत उसके सिर पर है ।''

''उसे देखा जाए ।''

''आओ, अभी सिद्धजोगी के आने में देर है ।'' माया ने योगीराज के कक्ष से चाबी निकाल एक गुप्त द्वार खोला । दुष्यन्त का रूप धरे घुंडीराज माया के पीछे कुछ अँधेरी सीढ़ियों से उतरे और लम्बे गलियारे से चलते हुए एक कोठरी में पहुँचे, जहाँ एक कैदी बँधा हुआ था ।

''कहो राजा दुष्यन्त, क्या हाल है ?''—माया ने कैदी को ठोकर मारते हुए कहा । तभी उसने अनुभव किया कि उसकी पीठ में एक कटार चुभ रही है और साथ में आए दुष्यन्त ने उसका मुँह कसकर पकड़ रखा है । घुंडीराज ने माया के हाथ-पैर बाँध उसे कोने में पटक दिया । फिर कैदी के बन्धन काटते हुए कहा, ''मैं हूँ घुंडीराज, आप निश्चिन्त रहें, मैं आपको छुड़ाने आया हूँ ।''

मुद्रिका-रहस्य उर्फ असली किस्सा कुमारी शकुन्तला का’ नामक घुंडीराज जासूस के कारनामों की सिरीज़ के सोलहवें पुष्प का अन्तिम अध्याय वैसा ही सुखान्त था जैसाकि इस क्रम की सभी कथाओं का रहा था। घुंडीराज और चतुराक्ष द्वारा सिद्धजोगी के मठ से असली राजा दुष्यन्त को लेकर भागना, राजा के सैनिकों द्वारा मठ घेरा जाना, त्रिशूल और तलवारों की लड़ाई, खून, गिरफ्तारियाँ, प्राण-दण्ड और अन्त में सही किस्से का राजा दुष्यन्त द्वारा उद्घाटन, कि जब वह शकुन्तला से प्रथम बार मिलकर नगर लौट रहे थे, तब मार्ग में सिद्धजोगी आश्रम में रात्रि में ठहरे। तभी जोगी ने उन्हें गिरफ्तार कर अपने शिष्य को दुष्यन्त बनाकर भेज दिया, जिससे धीरे-धीरे राजकोष पर कब्ज़ा कर सकें।

और अन्त में एक छोटी-सी घटना। राजा द्वारा सम्मानित होकर जब हमारे प्यारे जासूस घुंडीराज अपने निवास पर पहुँचे, तभी उनके प्रिय अनुचर चतुराक्ष ने आकर बताया, ‘‘स्वामी, वल्कल वस्त्र धारे एक युवती, जो कण्व आश्रम से आई है और अपना नाम प्रियंवदा बताती है, शयन-कक्ष में आपकी प्रतीक्षा कर रही है। उसका कहना है कि मैं जासूस घुंडीराज की भार्या हूँ, क्योंकि मुझसे कण्व आश्रम में उनका गन्धर्व विवाह हुआ है।’’

यह सुनकर हमारे हीरो पर क्या गुज़री इसका अनुमान लगाने का कार्य पाठकों पर सौंप ‘अभिज्ञानशाकुन्तल’ की टक्कर में फुटपाथ पर खड़ा अपने ज़माने का ‘बेस्ट सेलर’ ‘मुद्रिका-रहस्य उर्फ असली किस्सा कुमारी शकुन्तला का’ समाप्त हुआ।

बुद्ध के दाँत

***

पेकिंग के बाज़ार में वैसी मन्दी कभी नहीं आई। दुकानदारों को समझ नहीं आता था कि क्या करें ? सब गाँठ की पूँजी खाने में लगे थे। नए माल के ऑर्डर दिए जाने लगभग बन्द हो चुके थे। असर कारखानों तक फैल रहा था, जहाँ गोदाम भरे थे और मशीनें रुक गई थीं। च्यांग की सरकार समझ नहीं पाती थी कि क्या करे ! मन्त्रियों की रोज़ बैठकें होतीं और आर्थिक प्रश्नों पर बहस चलती। वे बहसें और वायदे चीन के अखबारों में छपते पर उनका कोई असर नहीं पड़ता। लोगों की अखबार खरीदने की इच्छा मर गई थी। मन्दी का यह वातावरण लम्बे समय तक बना रहा। पेकिंग के एक पुराने पत्रकार च्याऊँ पाँऊ के शब्दों में कहा जाए, तो पेकिंग के बाज़ारों को मानो अफीम पिला दी गई थी। चहल-पहल-भरे वे बाज़ार शाम को भी यों ही बने रहते, जैसे दोपहर या रात को। फटी-फटी आँखों से दुकानदार आते-जाते इक्के-दुक्के व्यक्तियों को घूरा करते और प्रायः रोक-रोककर पूछते कि आपको क्या लेना है ?

मुसीबत थी छोटे दुकानदारों की, जो थोड़ी-सी पूँजी लेकर अपना काम चलाते थे। फैन्सी सामान की खरीद तो बन्द हो गई थी। कपड़ा, आइने, गुब्बारे, जेवर या रेशम जैसी चीज़ लेना लोग पाप समझ रहे थे। सिनेमा और नाटकों की कुर्सियाँ दस प्रतिशत भी नहीं भरतीं और सारी कमाई विज्ञापनबाज़ी में खर्च हो जाती। ग्राहकों को अपनी ओर आकर्षित करने के लिए दुकानदार नित नए तरीके खोजते। जैसे, कोई सुन्दरियों के बड़े-बड़े अर्धनग्न चित्र टाँगता, बाजा बजाता, हुमकता हुआ जोकर

खड़ा करता और कन्सेशनों और इनामों की घोषणा करता। जैसे एक धार्मिक पुस्तक खरीदने पर किसी स्त्री का सुन्दर उत्तेजक चित्र मुफ्त भेंट किया जाता था, इससे कुछ धार्मिक पुस्तकें बिक जातीं। लड़के खरीदते, चित्र अपने कमरें में टाँग लेते और पुस्तक बाप को भेंट कर देते। ठीक उसी तरह नृत्यघरों में जाने पर भगवान बुद्ध का एक चित्र भेंट किया जाता। इससे नृत्यघरों को कुछ धार्मिक प्रकृति के ग्राहक मिल जाते। हर दुकानदार कोई नया स्टण्ट खोजता, जिससे उसकी दुकान चर्चा का विषय बन जाए। दुकानों में सामान बेचनेवाली लड़कियों से दुकान के मालिक और मैनेजर प्रार्थना करते कि वे ज़्यादा से ज़्यादा युवकों को प्रेमजाल में बाँधें, जिससे वे प्रेमी उनकी दुकानों से ही खरीदने आया करें। यहाँ तक कि इन लड़कियों के प्रेमपत्रों का डाक-व्यय भी बूढ़े मालिक और मैनेजर अपनी गाँठ से लगाते थे। कहने का मतलब यह कि पेकिंग की वह मन्दी ऐतिहासिक थी, जिसने अच्छे-अच्छे धन्धा करनेवालों को पतला कर दिया था।

उन्हीं दिनों पेकिंग की एक छोटी-सी गली में दाँत के डॉक्टर ल्यू च्यांग पांग की भी दुकान थी, जो सब दुकानों की तरह खस्ता हाल चल रही थी। माह-भर से एक भी ग्राहक नहीं आया था, जिसके हिलते दाँतों को झटका दे वह कम से कम दुकान का किराया तो वसूल कर लेता। उसके सामने एक नाई की दुकान थी, जो उसकी ही दुकान की तरह खाली बनी रहती थी। दिन-भर न्यू च्यांग पांग और वह नाई निराश बैठे सामने से धीरे-धीरे गुज़रते लोगों को देखते रहते। नाई अक्सर छोटे-छोटे लड़कों को रोककर उन्हें भद्दे गाने और चुटकुले सुनाता और बाद में उनके बाल पकड़ नोंचते हुए कहता—"इन्हें कटवाओ ना, क्या बढ़ा रखे हैं सुअरों जैसे।" ल्यू च्यांग पांग खुद को प्रतिष्ठित डॉक्टर समझता था और ऐसी स्तरहीन हरकतें नहीं कर सकता था। उसकी दुकान बाप-दादों से चली आई थी और उसका खानदान बिना दर्द के दाँत उखाड़ने के काम में प्रसिद्ध था। ल्यू च्यांग पांग गम्भीर व्यक्ति था और बड़े बूढ़ों से इज़्ज़त से बात करता था। अक्सर वह किसी प्रौढ़ व्यक्ति को दुकान पर बुलाकर बिठा लेता और दर्शन, काव्य और चित्रकला आदि पर बातें करता, धीरे-धीरे पायरिया के खतरे पर आ जाता और उस प्रौढ़ व्यक्ति को सलाह देता कि दाँत की मज़बूती पर ध्यान दे और एकाध दाँत कमज़ोर हो तो उखड़वा ले। बूढ़े उसे आश्वासन देते और विदा हो जाते। बाज़ार में मन्दी थी और किसी के पास दाँत उखड़वाने को पैसा न था।

एक सुबह ल्यू च्यांग पांग ने देखा कि सामने वाला नाई अपनी दुकान के बाहर यह नोटिस टाँग रहा है—'बाल कटवाइए और तेल की एक शीशी मुफ्त लीजिए।'

नोटिस लगाने के बाद नाई ल्यू च्यांग पांग की ओर देखकर मुस्कराया और बोला, ''भई दुकान चलाने के लिए कोई स्टण्ट करना पड़ेगा, नहीं भूखों मर जाएँगे।''

डॉक्टर ल्यू च्यांग पांग दिन-भर बैठा उस बोर्ड को देखता रहा और सोचता रहा कि वह अपनी दुकान पर क्या आकर्षण बढ़ाए कि लोग उससे दाँत तुड़वाने लगें। इसी ख्याल में डूबे हुए ल्यू च्यांग पांग को उन चायघरों का ध्यान आया, जो अपनी दुकान के विषय में यह प्रसिद्ध करते हैं कि फलाँ-फलाँ महापुरुष उनके यहाँ चाय पीते रहे हैं। प्रसिद्ध राजनीतिक, चित्रकार और लेखकों के नाम हर चायघर और उनकी टेबलों के साथ जुड़े रहते। ल्यू च्यांग पांग ने सोचा कि वह अपनी दुकान के बारे में भी यह मशहूर कर दे कि वहाँ अनेक महापुरुषों ने दाँत उखड़वाए हैं। वह महापुरुषों की सूची बनाने लगा, तो सबसे पहले उसे भगवान बुद्ध का ध्यान आया। उसने सोचा, क्यों नहीं वह यह प्रचारित कर दे कि उसकी दुकान पर महात्मा बुद्ध ने कभी दाँत उखड़वाए थे। ल्यू च्यांग पांग को इतिहास के विषय में अधिक जानकारी नहीं थी। पर इतना उसे पता था कि महात्मा बुद्ध चीन में नहीं, भारत में जन्मे थे। अतः प्रचार यों होना चाहिए कि यू च्यांग पांग के एक पुरखे ने भारत जाकर भगवान बुद्ध के दाँत उखाड़े थे और वहाँ से लौटकर उस पुरखे ने यह दुकान खोली, जो आज भी चल रही है।

पूरे सप्ताह-भर डॉक्टर ल्यू च्यांग पांग इस योजना की उधेड़बुन में लगा रहा। उसने इतिहास और धर्म सम्बन्धी पुरानी किताबें पढ़ीं और भगवान बुद्ध और चीन में बौद्ध धर्म के विकास की कथा का अध्ययन कर उसने अपने पुरखों के नामों से उसे जोड़ा। डिब्बों में बन्द पुराने दाँतों के ढेर से उसने बहुत पुराने दो दाँत खोजे, जिन्हें वह बुद्ध के दाँत बता सके।

दस रोज़ बाद पेकिंग के अखबार में एक विज्ञापन निकला—'दाँत का प्रसिद्ध डॉक्टर ल्यू च्यांग पांग, जिसके पुरखा पो च्यांग पांग ने वर्षों पूर्व भारत जाकर श्रावस्ती में भगवान बुद्ध के दाँत उखाड़े थे। आज भी भगवान बुद्ध के पवित्र दाँत उसके पास सुरक्षित हैं और देखे जा सकते हैं। उसी सुप्रसिद्ध खानदान के वंशज के अनुभवी हाथों से अपने दाँत उखड़वाइए। एक बार अवश्य पधारिए। ल्यू च्यांग पांग का दवाखाना। कम दाम में ज़्यादा से ज़्यादा दाँत उखड़वाने का एकमात्र स्थान।' पेकिंग के दूसरे अखबर में भी डॉक्टर ल्यू च्यांग पांग का बड़ा विज्ञापन था, जिसमें उसकी तसवीर भी दी गई थी और यह वक्तव्य कि 'दाँत उखाड़ना हमारे खानदान के लिए व्यवसाय ही नहीं, धर्म भी है। जिस खानदान के महान् डॉक्टर ने कभी भगवान बुद्ध के दाँत उखाड़े थे, वही आज आपके दाँत उखाड़ने को प्रस्तुत है। ल्यू च्यांग

पांग का दवाखाना, कम दामों में ज़्यादा से ज़्यादा दाँत उखड़वाने के लिए एकमात्र स्थान।'

इन विज्ञापनों ने सारे पेकिंग में हलचल मचा दी। शहर के लोग डॉक्टर ल्यू च्यांग पांग के दवाखाने की ओर आने लगे जहाँ भगवान बुद्ध के दो दाँत मखमल की गादी पर फूलों से ढके हुए रखे थे। धर्मप्राण जनता की ऐसी भीड़ की कल्पना स्वयं ल्यू च्यांग पांग ने नहीं की थी। शुरू में तो वह घबराया, पर बाद में उसने साहस बटोरा और जिज्ञासुओं को बुद्ध के दाँतों की कहानी सुनाने लगा। सारे दिन भीड़ बनी रही और फूल व नकद पैसा समर्पित होता रहा। ल्यू का सारा दिन स्वागत में बीता।

दूसरे दिन अखबारों में डॉक्टर ल्यू च्यांग पांग और भगवान बुद्ध के दाँतों की तसवीरें प्रकाशित हुईं और इतिहास का वह अनजान पृष्ठ उद्घाटित किया गया, जिसके अन्तर्गत पो च्यांग पांग प्रथम चीनी डॉक्टर था, जो भारत गया और श्रावस्ती में जब भगवान बुद्ध के दाँत बहुत दर्द कर रहे थे, तब उसे दो दाँत उखाड़ने का सौभाग्य मिला। स्मृति स्वरूप वह दोनों दाँत चीन ले आया। पर तब चूँकि चीन की जनता बुद्ध धर्म अपनाने के मूड में नहीं थी, इस कारण उन दाँतों का अपेक्षित सम्मान नहीं हो सकता। वे दाँत पो च्यांग पांग के यहाँ एक पुराने डिब्बे में पड़े रहे और बाद में वे भुला दिए गए। उन्हीं पो च्यांग पांग के वंशज दाँत के सुप्रसिद्ध डॉक्टर ल्यू च्यांग पांग, जो प्राचीन संस्कृति और परिवार के इतिहास में घनघोर रुचि रखते हैं, परिवार में प्रचलित श्रुतियों के अनुसार इन पवित्र दाँतों को तलघर में से खोजने में समर्थ हुए हैं।

दूसरे दिन जनता की उमड़ती भीड़ को व्यवस्थित करने के लिए पुलिस आ गई। स्वयं च्यांग काई शेक और उनकी श्रीमती ने आकर पवित्र दाँतों के दर्शन किए और स्वयं एक दाँत उखड़वाकर डॉक्टर ल्यू च्यांग पांग को सम्मानित किया। खबर पेकिंग के बाहर तक फैल गई थी और दूर-दूर से लोग आने लगे थे। दाँतों के पास सिक्कों का इतना बड़ा ढेर लगने लगा कि डॉक्टर को एक पुजारी और एक नौकर की नियुक्ति करनी पड़ी। दाँत उखाड़ने का काम भी तेज़ी से बढ़ गया। पेकिंग के सभ्य समाज में दाँत उखड़वाना एक फैशन बन गया। क्लबों और रेस्तराँओं में दाँतों के विषय में अक्सर चर्चाएँ चलती रहतीं और स्वयं ल्यू च्यांग पांग एक फैशन पत्रिका में दाँत सम्बन्धी प्रश्नों के उत्तर देने लगा था।

यह सच है कि ल्यू च्यांग द्वारा घोषित दाँत बुद्ध के ही हैं या नहीं, इस सम्बन्ध में अनेक व्यक्तियों के मन में सन्देह था और हो सकता था कि वक्तव्य

आदि दिए जाते पर तब पेकिंग नगर और पूरे चीन की स्थिति ऐसी थी कि दाँतों पर सन्देह करना गलत माना जाता। शासकीय दृष्टि से लाभप्रद यह था कि जनता का ध्यान एक बार आर्थिक प्रश्नों से हटकर धार्मिक समस्याओं की ओर केन्द्रित हो गया था। शहर के बाहर से आ रही भीड़ के कारण पेकिंग में मन्दी का वातावरण नहीं रहा था। रिक्शे चलने लगे थे, होटल और लाज भरे हुए थे और सामान बिकने लगा था। बाज़ार में आए इस महत्त्वपूर्ण परिवर्तन के कारण पेकिंग के धर्मप्राण अमीर, (अमीर अक्सर धर्मप्राण ही होते हैं) दाँत की पवित्रता और उनके बुद्ध के दाँत होने पर बड़ी आस्था रखते थे। यहाँ तक कि कम्युनिस्ट पार्टी ने भी काफी विचार-विमर्श के बाद दाँतों को बुद्ध का ही माना। वास्तव में वे जनता की भावना से दूर नहीं रह सकते थे और ऐसी सब बातों से सहमत थे, जो प्रत्यक्ष और अप्रत्यक्ष रूप से चीन का गौरव बढ़ाती हैं। उस समय अंडर ग्राउण्ड रहकर जीवन बिताने वाले कम्युनिस्ट नेता माओ-त्से तुंग ने भी एक पत्र डॉक्टर ल्यू च्यांग पांग को भेजते हुए उसकी ऐतिहासिक खोज के लिए बधाई दी।

माओ-त्से तुंग ने लिखा था कि च्यांग की प्रतिक्रियावादी सरकार के राज्य में आप व्यक्तिगत प्रयत्नों से बुद्ध के दो दाँत खोजने में समर्थ हो सके हैं, यह सचमुच एक सुखद आश्चर्य है। मगर कामरेड, इतना मैं कहूँगा कि अगर आज चीन में साम्यवाद होता, तो शासन और जनता की मदद से आप बुद्ध के दो दाँत ही नहीं, पूरी बत्तीसी खोज निकालते। विश्वास रखिए, यह अवसर आएगा। अपने पत्र में आगे माओ ने सभी दाँत के डॉक्टरों का संगठन बनाने पर ज़ोर दिया था, जिससे सर्वहारा आन्दोलन को, जिसका उद्देश्य अन्ततः पूँजीवाद के दाँत तोड़ना है, बल प्राप्त हो। निम्न वर्ग को आज यह सुविधा नहीं है कि वे अपने दाँत भी साफ कर सकें क्योंकि उच्च वर्ग ने टुथ पेस्ट और टुथ ब्रश के दाम बढ़ा रखे हैं। इसी प्रकार विज्ञान की सभी उपलब्धियाँ सिर्फ उच्च वर्ग को ही लाभ पहुँचा रही हैं। इस महत्त्वपूर्ण आर्थिक प्रश्न का विस्तार से विवेचन करते हुए कामरेड माओ ने अपने लम्बे पत्र में डॉक्टर ल्यू च्यांग पांग को आश्वासन दिया कि जब साम्यवाद आएगा, तब चीन की सारी जनता के दाँत न केवल चमकीले और मज़बूत होंगे, पर वे अधिक तीखे और लम्बे भी होंगे। यह भी प्रयास किया जाएगा कि दाँतों की जो परंपरागत संख्या बत्तीस सामन्तवादी और पूँजीवादी युग से चली आ रही है उसे बढ़ाया जाए और कम से कम चालीस दाँत प्रति व्यक्ति हों। अन्त में उन्होंने पुनः कामरेड डॉक्टर ल्यू च्यांग पांग को बुद्ध के दो दाँत खोजने पर बधाई दी और उसे सर्वहारा की विजय बताया।

ल्यू च्यांग पांग ने यह पत्र पढ़ा तो वह गम्भीर हो गया, फिर हँसने लगा और फिर नारे लगाने लगा।

कहना न होगा कि इस सिलसिले में ल्यू च्यांग पांग की दाँत की दुकान तेज़ी से चलने लगी। ग्राहक वहाँ दाँत उखड़वाना अपना कर्तव्य और सौभाग्य मानने लगे। च्यांग काई शेक के दो मन्त्री, तीन राजदूत और तिब्बत से आए कुछ लामाओं ने भी डॉक्टर ल्यू च्यांग पांग से अपने दाँत उखड़वाए। दुकान के आधे भाग में मन्दिर-सा चलता, जहाँ लोग बुद्ध के पवित्र दाँतों पर पैसा चढ़ाते और आधे भाग में दवाखाना चलता, जहाँ बेंचों पर दाँत उखड़वाने को उत्सुक व्यक्ति बैठे रहते।

पर इतिहास साक्षी है कि न बुद्ध के दाँत और न पेकिंग के बाज़ार में अस्थाई रूप से समाप्त मन्दी ही च्यांग काई शेक का पतन रोक सकी। माओ-त्से तुंग की लाल सेना ने सारे चीन पर कब्ज़ा जमा लिया और च्यांग काई शेक समन्दर लाँघ एक टापू पर जा बसा। उच्च वर्ग के पतन की इन घड़ियों में पेकिंग में यदि कोई अमीर बन सका, तो वह ल्यू च्यांग था। उसके पास इतना रुपया जुट गया था कि उसने नया मकान बनवाया, नया फर्नीचर खरीदा, एक वेश्या के घर जाने लगा, रेशमी कपड़े खरीदे और एक नई शादी भी की। ज़िन्दगी की कई हसरतें उसने इस काल में पूरी कीं, जैसे रेशम के मोजे पहनना, ऊँचे रेस्तराँ में जाकर खाना खाना और अफीम चाटकर मौज में पड़े रहना। यह सब बुद्ध के दो दाँतों की कृपा से हुआ।

पर माओ की सरकार बनने के बाद से हालत बदल गई और ल्यू च्यांग पांग नए कपड़े ट्रंक में छुपा, पुनः साधारण कपड़े पहनने लगा। उसने दुकान पर लाल झण्डा लगाया और कामरेड माओ की तसवीर।

एक दिन डॉक्टर ल्यू च्यांग पांग को नई सरकार का एक पत्र मिला, जिसमें यह आदेश था कि वह दूसरे दिन ग्यारह बजे तीन व्यक्तियों की कमेटी के सामने उपस्थित हो और प्रश्नों के उत्तर दे। यह कमेटी पेकिंग के हर व्यक्ति के विषय में विस्तृत जाँच-पड़ताल के लिए बनाई गई थी। दूसरे दिन निश्चित समय पर ल्यू च्यांग पांग कमेटी के दफ्तर पहुँच गया क्योंकि इसके अलावा कोई रास्ता नहीं था।

कमेटी के अध्यक्ष ने, जो पतली फ्रेम का सस्ता-सा चश्मा लगाए था, ल्यू च्यांग से प्रश्न करना शुरू किया, ‘‘कामरेड ल्यू च्यांग पांग, क्या आप मानते हैं कि चीन में जो महान् ऐतिहासिक क्रान्ति कामरेड माओ-त्से तुंग के नेतृत्व में माओ-त्से तुंग के रास्ते पर चलकर हुई है, वह चीन की जनता के लिए शुभ है ? क्या आपकी

इस आंदोलन से सहानुभूति रही है ?''

''जी हाँ, कामरेड, मैं मानता हूँ कि यह क्रान्ति चीन की जनता और उसके नेताओं के लिए बड़ी फायदेमन्द साबित होगी। मैं हमेशा इस आन्दोलन का समर्थन करता रहा हूँ तथा मेरी सारी ज़िन्दगी पूँजीपतियों के दाँत उखाड़ने में गुज़री है।''

''शाबास कामरेड, मगर क्या आप बताएँगे कि पूँजीपतियों के दाँत आपने कैसे उखाड़े और क्रान्ति के लिए मददगार हुए ?''

''मैंने इसके लिए दुकान खोली, जहाँ मैं पेकिंग के रईसों के दाँत उखाड़ता था और उन्हें पीड़ित करता था।''

''शाबास कामरेड, मगर जहाँ तक हमारी जानकारी है, दाँत उखड़ने से तो उच्च वर्ग के व्यक्तियों की तकलीफ कम हो जाती होगी।''

इस पर ल्यू च्यांग पांग ज़ोर से हँसा, ''सभी ऐसा समझते हैं कि दाँत उखड़ने से तकलीफ कम हो जाती है, पर ऐसा नहीं होता। एक दाँत उखड़ा और आदमी पस्त हो जाता है, अपने को बूढ़ा और कमज़ोर महसूस करने लगता है, उसे मौत करीब दिखाई देने लगती है। आदमी जीवन से निराश हो जाता है, उसका जोश ठण्डा पड़ जाता है। कामरेड साहब, मैंने तो पेकिंग के पूँजीपतियों का सारा जोश उनके दाँत उखाड़कर ठण्डा कर दिया।''

''क्या यह काम आप माओ-त्से तुंग के बताए मार्ग पर चलकर कर रहे थे ?''

''जी, बिलकुल। मैं गुरिल्ला तरीके से दाँत उखाड़ता था। खुद उसे, जिसका दाँत उखड़ रहा है, यह पता नहीं लग पाता कि दाँत उखाड़ा जा रहा है। यह मेरी खानदानी खूबी है। मेरे पुरखा ने हिन्दुस्तान जाकर बुद्ध के दाँत उखाड़े थे। मैं अपनी सफलता में कामरेड माओ का शुक्रगुज़ार हूँ। उन्होंने मेरी हमेशा तारीफ की है और मेरी प्रशंसा करते हुए पत्र भी लिखा है। उनकी उम्र बड़ी हो और जब तक चाँद-सूरज कायम हैं वे चीन पर शासन करें। अगर आप कहें तो वह पत्र मैं आपको दिखा सकता हूँ।''

माओ-त्से तुंग का नाम सुनकर कमेटी के तीनों सदस्य कामरेड उठ खड़े हुए। जब पत्र उनके हाथों में सौंपा गया तो उनके हाथ हर्ष और भय से काँप उठे। तीनों ने खड़े होकर उस पत्र को पढ़ा।

''बधाई कामरेड ल्यू च्यांग पांग, आप चीन के सितारे हैं। हमें आपसे अब कोई सवाल नहीं करना। कामरेड माओ-त्से तुंग का यह पत्र आप सँभालकर रखें। जब दाँत के डॉक्टरों का संघ बनेगा, यह पत्र उसका मेनिफेस्टो होगा। क्या शानदार विचार ज़ाहिर किए हैं हमारे महान् नेता कामरेड माओ ने। हर डॉक्टर को इस

पर अमल करना चाहिए। जो अमल न करे, उसे सज़ा मिलनी चाहिए। अब आप जा सकते हैं।''

ल्यू च्यांग पांग झुका, ''धन्यवाद कामरेड हुजूर, बहुत-बहुत धन्यवाद। कभी मेरी दुकान में पधारें। वहाँ मैं आपको वे बुद्ध के दाँत दिखाऊँगा, जिसे मेरे पुरखा ने उखाड़ा था।''

तीनों कामरेड उत्तर स्वरूप मुस्कराए और ल्यू च्यांग पांग उनके हाथों में अपनी दुकान का विज्ञापन थमा बाहर आ गया था। तीनों कामरेड विज्ञापन पढ़ते रहे—जिस खानदान ने बुद्ध के दाँत उखाड़े थे, वह खानदान आपके भी दाँत उखाड़ने को उत्सुक है। एक बार पधार कर खातरी करें। रेट वाजबी। ज़्यादा दाँत उखड़वाने पर कन्सेशन।

चीन में नई सरकार की स्थापना के प्रारम्भिक वर्षों में ल्यू च्यांग पांग के लिए कामरेड माओ द्वारा भेजा गया पुराना पत्र झण्डा साबित हुआ, जिसे वह हर मुसीबत के मौके पर लहरा देता। जब दाँत के डॉक्टरों का संघ पेकिंग में बना तब ल्यू च्यांग पांग उसका अध्यक्ष बन गया। बुद्ध के दाँत का खानदानी सन्दर्भ और माओ के पत्र का नया संदर्भ उसकी जीत में सहायक हुए। उसे चुननेवाले दाँत के डॉक्टरों में यह भय समा गया कि स्वयं माओ ने ल्यू च्यांग पांग को खड़ा किया है और जो व्यक्ति उसे वोट नहीं देगा उसकी मिट्टी कानूनी रूप से पलीत कर दी जाएगी। अतः तालियों की गड़गड़ाहट के साथ ल्यू च्यांग पांग अध्यक्ष बन गया। उसने झुक-झुककर सबका आभार माना और एक संक्षिप्त-सा भाषण दिया, ''डॉक्टर कामरेडो, मुझे अपना अध्यक्ष चुनकर आपने जो मुझे चीन की महान् जनता की सेवा का मौका दिया है, उसके लिए मैं आपका आभारी हूँ। कामरेड माओ ने कहा है कि सैकड़ों पुष्पों को एक साथ खिलने दो। मैं उसीका अनुसरण करते हुए कहूँगा कि सारे दाँतों को एक साथ चमकने दो। शायद आप जानते हैं कि मेरे पुरखा पो च्यांग पांग ने भारत जाकर वर्षों पहले महात्मा बुद्ध के दाँत उखाड़े थे। वे वहाँ से लौटे और चीनी जनता की सेवा में जुट गए। पर उनसे प्रेरणा पाकर अनेक चीनी नौजवान भारत जाकर बसने लगे और वहाँ की जनता के दाँत उखाड़, चीन का सम्मान बढ़ाने लगे। आज स्थिति यह है कि हर हिन्दुस्तानी के दाँत पर कोई चीनी डॉक्टर बादशाहत करता है और दिलों की एकता बढ़ाता है। इस तरह हमारे संगठन का ऐतिहासिक और अन्तरराष्ट्रीय महत्त्व है। इसमें कोई सन्देह नहीं कि चीन की जनवादी क्रान्ति दाँत के डॉक्टरों के लिए वरदान साबित होगी, क्योंकि जैसा महान् नेता कामरेड माओ ने लिखा है, चीन की नई सरकार दाँतों की संख्या बढ़ाने की ओर ध्यान देगी। सामान्य तौर पर एक चीनी आदमी के चालीस दाँत

होना ज़रूरी है, ताकि हम उसे खा सकें, जिसे खाना चाहते हैं। पूँजीवादी और साम्राज्यवादी देशों में यह प्रचार किया जाता है कि आदमी के बत्तीस दाँत होते हैं, जो गलत है, क्योंकि अब यह पोल खुल चुकी है कि वास्तव में वहाँ एक आदमी के पीछे दाँतों का औसत पच्चीस और अट्ठाईस से अधिक नहीं आता। धीरे-धीरे यह औसत गिरेगा। इधर चीन में जो हम लीप-फारवर्ड मूवमेन्ट चलाएँगे, उसका मकसद दाँतों की गिनती बढ़ाना ही होगा। और हमें इस महान् कार्य में सफलता मिलेगी, क्योंकि हमें माओ-त्से तुंग जैसा नेता प्राप्त है, जिनके दाँत बड़े पैने और मज़बूत हैं तथा आवश्यकता पड़ने पर बाहर निकाले जा सकते हैं।''

इस पर दाँत के डॉक्टरों के संगठन में खूब तालियाँ बजीं और सब माओ ज़िन्दाबाद के नारे लगाने लगे।

पर कुछ दिनों बाद चीन की जनवादी सरकार ने बुद्ध के दाँतों पर ल्यू च्यांग पांग का एकाधिकार समाप्त कर दिया। माओ-त्से तुंग के दस्तखत से आदेश निकले, जिसके अनुसार जनवादी चीन के अधिकार में बसनेवाले हर नागरिक को यह अधिकार दे दिया कि वे जीवन-भर अपने दाँतों को निजी सम्पत्ति समझें तथा भोजन चबाने, मांस तोड़ने आदि कार्यों में, जो दाँत से सम्बन्धित हैं, उसे उपयोग में लाएँ। पर साथ ही जनवादी सरकार ने यह भी घोषणा की कि भविष्य में पुरखों, मुर्दों के दाँत तथा जीवित व्यक्तियों के उखाड़े हुए दाँत जनता की सम्पत्ति रहेंगे तथा सरकार जनता और देश के हित में उनका उपयोग कर सकती है।

आदेश से ल्यू च्यांग पांग के हृदय को चोट पहुँची। यद्यपि वे दाँत बुद्ध के नहीं थे, पर पिछले दिनों ल्यू च्यांग पांग की लगातार सफलता और यश में वृद्धि के कारण वह स्वयं यह मानने लगा था कि वे दाँत बुद्ध के दाँत हैं। उसे वे दाँत बुद्ध के ही लगते थे और चीन की जनता और समाज द्वारा उन दाँतों को दिया मान एक ठोस सच्चाई बन चुकी थी, जो उसके दिमाग में जम गई थी। उसकी ज़िन्दगी का हिस्सा थी। आदेश से उसे सचमुच पीड़ा हुई पर उसने मन को समझा लिया। उसी समय विदेश जानेवाले एक चीनी डॉक्टरों के मण्डल में उसका नाम प्रस्तावित हो चुका था और पेकिंग में बन रहे दाँतों को डॉक्टर तैयार करनेवाले कॉलेज में प्रमुख रूप में उसे ही लिए जाने की सम्भावना थी। ल्यू च्यांग पांग ने मन को समझाया कि इन दाँतों से जो फायदा लिया जाना था, लिया जा चुका और अब इस कल्पना को इतिहास की गोद में फेंक, आगे बढ़ जाने के अलावा कोई रास्ता नहीं है। सो दूसरे दिन जब दाँतों को ले जाने के लिए एक सरकारी मोटर रुकी, उसने एक भाव भीनी विदाई के साथ वे दाँत सौंप दिए और एक ऐसे

आदमी का चेहरा बना लिया, जिसने देश के लिए सब कुछ लुटा दिया हो।

पर इस बात की तारीफ की जानी चाहिए कि बुद्ध के उन पवित्र दाँतों को ससम्मान प्रतिष्ठित किए जाने के मामले में चीन की सरकार ने तुरन्त कदम उठाए। पेकिंग में एक छोटा-सा सुन्दर भवन खाली करवाया गया, जिसके मुख्य कक्ष में एक शीशे के केस में वे दाँत रखे गए। दर्शन करनेवालों के आने और निकलने के रास्ते बनाए गए और सारे भवन को खूब सजाया गया। ल्यू च्यांग पांग की गली की तुलना में यह निश्चित ही सुन्दर था। देखनेवालों की भीड़ भी काफी रहती थी। सब कुछ पुराने बुद्ध और नए चीन के सम्मान के अनुकूल था।

पर ये वह दिन थे जब चीन में सांस्कृतिक क्रान्ति नहीं हुई थी। माओ ने हर विषय पर अपने अन्तिम विचार प्रकट नहीं किए थे। लाल रक्षकों की ऐसी भीड़ पेकिंग की सड़कों पर नहीं फैली थी और पूरे चीन को आमूल बदलने के लिए यह भाग-दौड़ और मार-पीट आरम्भ नहीं हुई थी। पर एक दिन माओ ने कहा कि हम सब पुराने धार्मिक प्रतीकों को तोड़ेंगे, जो हमें बरसों से निकम्मा बनाए रहे और उनकी जगह नए प्रतीक खड़े करेंगे। माओ के भाषण के बाद हज़ारों छोटे-बड़े लाल झण्डे लहराए जाने लगे और नारे लगे। लोग रुके हुए थे क्योंकि माओ के भाषण पर अमल करते हुए लाल रक्षकों का कार्यक्रम घोषित किया जानेवाला था। और कुछ देर बाद कार्यक्रम घोषित हुआ। बहुत छोटा-सा और प्रतीकात्मक। वह यह था कि लाल रक्षकों की रैली दूसरे दिन दस बजे चौक से जुलूस में रवाना होगी और बुद्ध के दाँत के मन्दिर के सामने जाकर प्रदर्शन करेगी और बुद्ध के दाँतों को वहाँ से हटाएगी और चीनी जनता को दाँतों के इस विनाशकारी प्रभाव से मुक्ति दिलाएगी। ध्येय वाक्य बना कि नया चीन बुद्ध के दाँत उखाड़ता है और क्रान्ति का रास्ता प्रशस्त बनाता है।

सुबह पेकिंग के अखबार माओ के भाषण से भरे पड़े थे और लाल रक्षकों का पूरा कार्यक्रम दिया था। माओ ने सुबह नाश्ते के समय उन अखबारों को पढ़ा और एक मुस्कान उनके चेहरे पर तैर गई।

"क्या नाम है उसका, जिसके पुरखे ने बुद्ध के दाँत उखाड़े थे ?"—माओ ने पूछा।

"डॉक्टर ल्यू च्यांग पांग।" पास खड़े सहायक ने जवाब दिया।

"उसको बुलाओ।"

कुछ देर बाद ल्यू च्यांग पांग को माओ के सामने हाज़िर किया गया। माओ काफी देर चुप रहे और फिर उन्होंने भय और नम्रता की प्रतिमूर्ति बने ल्यू से सवाल

किया—''बुद्ध के बाद अब चीन को रास्ता दिखानेवाला कौन है ?''

''आप हैं, माओ-त्से तुंग, हमारे प्यारे नेता।''

''अब बुद्ध के नहीं, मेरे दाँतों से चीन के युवकों को प्रेरणा मिलेगी।''

''आप ठीक कहते हैं कामरेड, आप ठीक कहते हैं।''

''तो उखाड़ो मेरे दो दाँत।'' और माओ ने ल्यू च्यांग पांग के सामने अपना पूरा मुँह खोल दिया।

कुछ घण्टों बाद जब लाल रक्षकों के जुलूस ने बुद्ध के दाँत के मन्दिर पर हमला किया और दाँत को अन्दर से निकालकर बाहर ले आए, तभी चीन की जनवादी सरकार के एक मन्त्री गाड़ी में बैठकर आए। उनके पास माओ के दो दाँत थे। उन्होंने माओ-त्से तुंग का नया सूत्र वाक्य सुनाया, ''जहाँ से बुद्ध के दाँत उखड़ेंगे, वहाँ माओ के जमेंगे।'' और माओ के दाँतों को उसी स्थान पर प्रतिष्ठित कर दिया गया, जहाँ बुद्ध के दाँत रखे गए थे।

माओ के इस महान् कदम की प्रशंसा के काफी देर तक लाल रक्षक नारे लगाते रहे और माओ के दाँतों के दर्शन करनेवालों का क्यू लम्बा होता गया।

हिटलर और आँचू तम्बाखूवाला

*** * ***

हिटलर कैसे मर गया, क्यों मर गया ?—यह इस सदी का सबसे बड़ा रहस्य है। शरीर नौ द्वारे का पिंजड़ा है और प्राण पंछी कब उड़ जाए, कह नहीं सकते। हर मिनट कोई पंछी कहीं से फुर्र हो जाता है। फिर भी इस सदी का सबसे बड़ा रहस्य यही है कि हिटलर कैसे मरा और क्यों मरा ? एक शान्त सामाजिक प्राणी के लिए उत्तर यही होता कि भैया, उसकी मौत आई थी, सो चला गया। नहीं, इससे काम नहीं चलेगा। वे जानना चाहते हैं, वह किस ढंग से मरा ? क्या उसने आत्महत्या कर ली ? क्या वह रूसी सिपाहियों की गोली का शिकार हो गया ? क्या वह अभी भी जीवित है और पृथ्वी से दूर किसी ग्रह पर बैठा नाजी सेना का गठन कर रहा है ?

संसार में केवल दो व्यक्ति ऐसे हैं, जो हिटलर की मृत्यु सम्बन्धी वास्तविकता जानते हैं। वे चुप हैं। आज तक शायद उन पर बर्लिन के पतन का सकता छाया हुआ है। हिटलर के उस विकराल विकृत चेहरे को वे भूल नहीं पाते और जाने क्या समझकर मौन रहते हैं। बर्लिन शहर के एक छोर पर बने चायघर में उनमें से एक व्यक्ति रोज़ शाम को बराबर आता है और अँधेरे कोने में अपनी निश्चित सीट पर आकर बैठ जाता है। दूसरे महायुद्ध के पहले से वह इसी तरह आता रहा है। तब तीन व्यक्ति आते थे। यह और इसके दो मित्र। कोने में बैठे कुछ खुस-फुस बातें किया करते थे। वे क्या बातें कर रहे हैं, कोई नहीं जान पाता था। होटल का मालिक सोचता था, ये लोग शराब, औरत या पार्टनरशिप में कारखाना खोलने

के विषय में बातें करते होंगे। उन दिनों जर्मनी में कारखाना खोलने का बड़ा फैशन था। जगह-जगह छोटे-मोटे कारखाने खुल रहे थे। जिसके पास जितने रुपए होते, उससे वह कारखाना खोल देता था। जैसे किसी के पास सिर्फ एक रुपया ही है, तो भी वह किसी स्कूल के पास पेन्सिल छीलने का कारखाना खोल देगा और खुद उसका मैनेजिंग डाइरेक्टर बन जाएगा। लड़के दौड़-दौड़कर कारखाने में पेन्सिल छिलवाने आएँगे और उसे आमदनी होगी। उन दिनों बर्लिन के बाज़ार में नई-नई मशीनें आ रही थीं। चश्मा पोंछने, दाँत साफ करने और जेब काटने तक की सस्ती हल्की मशीनें बाज़ार में आ गई थीं।

सब समझते थे कि ये तीनों व्यक्ति यहाँ बैठकर साझे में कारखाना खोलने के विषय में बातें करते होंगे। ये क्या बातें करते थे, यह बताने के पहले ज़रूरी होगा कि ये लोग कौन हैं, यह बताया जाए।

इन तीनों व्यक्तियों में से एक तो कारखानेदार था ही। इसे बस 'आँचू तम्बाखूवाला' या केवल 'आँचू' कहकर पुकारते थे। इसका काम था बाज़ार से बढ़िया तम्बाखू खरीदना, उसमें कुछ घटिया तम्बाखू मिलाना और उनकी सिगरेटें बनाकर बेचना। बर्लिन की हर छोटी-मोटी दुकान पर इसकी सिगरेटें रखी रहती थीं। यों वह स्वयं सिगरेट से सख्त नफरत करता था। कारखानेदार होने के नाते नमूने के बतौर पन्द्रह-बीस सिगरेट दिन में पीनी पड़ती हों, वह बात अलग है। दूसरा व्यक्ति था बादमेर, जो पियानो सुधारने में बर्लिन का सर्वश्रेष्ठ व्यक्ति माना जाता था। आप पियानो को दस हिस्सों में बाँटकर बर्लिन शहर के दस भागों में डाल दीजिए और वह एक घण्टे में सबको बटोरकर यों जोड़ देगा कि आप पियानो बजा सकते हैं। बादमेर का यह कहना था कि बर्लिन से उसका अपहरण कर पेरिस ले जाने का निश्चय फ्रांस की सरकार कैबिनेट स्तर पर कर चुकी है, ताकि पेरिस के पियानो ठीक रहें और वहाँ संगीत-कला का विकास हो सके। इसी कारण बादमेर जब किसी फ्रांसीसी को देखता, भागने लगता था। इसी बादमेर की एक प्रेमिका थी—मारिया रिल्के, जिससे उसका विवाह भी निश्चित हो चुका था। एक नाजी अफसर कार्ल ह्यूगो हाफ्टमैन भी मारिया से शादी करना चाहता था।

एक दिन नाजी अफसर, जिसे हिटलर ने बागों से बच्चे भगाने की ड्यूटी पर लगा रखा था, मारिया को एकाएक बाग में मिल गया और बोला, "ए महिला, मैं तुमसे शादी करना चाहता हूँ।" जर्मनी के लोग नाजियों का हुक्म मानने के इतने आदी हो गए थे कि मारिया घबराहट में कह बैठी, "मैं तैयार हूँ।" हाफ्टमैन और मारिया की शादी हो जाने से बादमेर के दिल के पियानो को गहरा धक्का

लगा । (बादमेर के अनुसार उसके दिल में एक पियानो है ।) उसने हिटलर से जाकर नाजी अफसर की शिकायत की, पर हिटलर ने उसे डाँटकर भगा दिया कि मैं प्रेम-प्रेम के मामले सुलझाने के लिए डिक्टेटर नहीं बना हूँ; ऐसे झगड़े फ्रांस के राजनीतिज्ञ सुलझाते हैं ।

तीसरा व्यक्ति फ्रेंज गिट्सबर्ग, जो आज भी बर्लिन की उस रेस्तराँ के अँधेरे कोने में रोज़ शाम आकर बैठता है ! यह कौन है, क्या करता है, इस विषय में किसी को पता नहीं । जिस प्रकार हिटलर की मृत्यु रहस्य है, उसी प्रकार फ्रेंज का जीवन भी एक रहस्य है ।

फ्रेंज गिट्सबर्ग की बादमेर से पहली मुलाकात इसी होटल में हुई । जिस शाम कार्ल हाफ्टमैन की मारिया से शादी हो रही थी, बादमेर इस रेस्तराँ में बैठा नाजी शासन को, नाजी नैतिकता को और नाजी अत्याचारियों को गालियाँ बक रहा था । होटल के सब लोग उसकी बड़बड़ाहट सुन रहे थे और बोर हो रहे थे । तभी फ्रेंज उठा और उसने बादमेर से हाथ मिलाते हुए कहा, ''मैं तुमसे सहमत हूँ । सचमुच तुमपर बहुत बड़ा अत्याचार हुआ है ।''

बादमरे ने कहा, ''मैं इन नाजी लोगों के पियानो तोड़ दूँगा । ये समझते क्या हैं अपने को !''

फ्रेंज ने उत्तर दिया, ''तुम सचमुच पियानो तोड़ सकते हो । तुममें बड़ी शक्ति है । आओ, दोस्त, हम-तुम मिलकर कुछ सोचें ।''

तब से रोज़ शाम को उसी रेस्तराँ में फ्रेंज और बादमेर आ मिलते । कुछ दिनों बाद आँचू तम्बाखूवाला भी इनके साथ आने लगा । आँचू तम्बाखूवाला भी हिटलर से सख्त नाराज़ था और नाजी शासन को उलट देने के पक्ष में था । बात यह हुई कि सिगरेट के कुछ पैकेट लेकर उसने हिटलर से मुलाकात की और अपना परिचय देकर उसने निवेदन किया कि वह यह घोषणा कर दे कि आँचू के कारखाने की सिगरेटें विश्व में सबसे अच्छी होती हैं और जर्मनी के नवयुवकों को आँचू के कारखाने की ही सिगरेट पीनी चाहिए ।

यह सुनकर हिटलर खिलखिलाकर हँसा । (इतिहासकार कृपया इस बात को नोट करें कि हिटलर एक बार खिलखिलाकर हँसा भी था ।) उसने आँचू से पूछा, ''क्या आर्य लोग तुम्हारे कारखाने की सिगरेट पीते थे ?''

आँचू ने उत्तर दिया, ''नहीं, वे लोग सिगरेट नहीं, चिलम पीते थे ।''

''तो फिर मैं क्यों तुम्हारे कारखाने की सिगरेट पीऊँ ? मैं जर्मनी के नवयुवकों को गलत रास्ता नहीं बता सकता । तुम मेरे नाम से फायदा उठाना चाहते हो; यह

असम्भव है। भाग जाओ और आगे कभी मुझे परेशान न करना।''

''आँचू भागने लगा। हिटलर ने उसे फिर बुलाया।

''सुनो, मुझे एक विचार आया। तुम सिगरेट बनाने के लिए कागज़ का उपयोग क्यों करते हो ?''

'कागज़ की नली बनाए बिना तम्बाखू कैसे रखी जा सकती है, जनाब ?'' आँचू ने उत्तर दिया।

''क्या तुम लोहे की नली में तम्बाखू भरकर सिगरेटें नहीं बना सकते ? वे मज़बूत होंगी और एक ही नली का फिर से उपयोग भी किया जा सकेगा। ऐसी कागज़ी सिगरेटें तो ब्रिटेन और फ्रांस भी बना सकते हैं। मैं चाहता हूँ, जर्मनी के कारखानों में मज़बूत सिगरेटें बनें—लोहे की सिगरेटें—जिन्हें हम विदेशों में बेच सकें। समझे ? तुम एक कारखाना खोलो, जहाँ लोहे की नलियों में तम्बाखू भरकर सिगरेटें बनाई जाएँ और मुझे आकर रिपोर्ट दो। जाओ, भाग जाओ।''

आँचू ने गरदन झुकाई और भाग गया।

उस दिन जब वह अपनी दुकान पर बैठा हिटलर को गालियाँ बक रहा था और नाजी शासन को उलट देने की बातें कह रहा था, पियानो दुरुस्त करनेवाला बादमेर और वह रहस्यमय व्यक्ति फ्रेंज गिट्सबर्ग सड़क से जा रहे थे। आँचू की बातें सुन वे दोनों रुक गए। फिर फ्रेंज गिट्सबर्ग दुकान पर चढ़ा और आँचू से बोला, ''तुम बिलकुल ठीक कहते हो; मैं तुमसे सहमत हूँ। सचमुच तुम पर बहुत बड़ा अत्याचार हुआ है।''

आँचू ने कहा, ''मैं इन नाजियों को सिगरेट सप्लाई करना बन्द कर दूँगा। ये समझते क्या हैं अपने को !''

फ्रेंज ने कहा, ''तुम सचमुच उनकी सिगरेट बन्द कर सकते हो। तुम में बड़ी शक्ति है। आओ दोस्त हम-तुम मिलकर कुछ सोचें।''

तभी बर्लिन में उस गुप्त क्लब की स्थापना हुई, जिसका उद्देश्य था हिटलर को मारना। इस क्लब का अध्यक्ष था फ्रेंज गिट्सबर्ग। आँचू और बादमेर उसके सदस्य थे। क्लब का मोटो या ध्येय-वाक्य था—'हम संसार से पापियों का नाश कर देंगे।' वास्तव में इस क्लब की स्थापना नेपोलियन बोनापार्ट के समय पेरिस में हुई थी और फ्रेंज गिट्सबर्ग के पुरखा उसके अध्यक्ष थे। क्लब का ध्येय था नेपोलियन बोनापार्ट को मारना, पर वह पूरा नहीं हो पाया। पेरिस में क्लब की इस सिलसिले में सैकड़ों बैठकें हुई थीं कि नेपोलियन को कैसे मारा जाए। क्लब

की कार्रवाई के सारे कागज़ फ्रेंज गिट्सबर्ग के पास आज भी हैं। उन्हीं कागज़ों और दादाजान की डायरी पढ़कर फ्रेंज को यह प्रेरणा प्राप्त हुई कि क्लब की पुनः स्थापना की जाए और हिटलर को मारा जाए। यों फ्रेंज की हिटलर से कोई दुश्मनी नहीं थी, पर काफी विचार करने पर भी उसे योरोप में कोई दूसरा पापी नज़र नहीं आया, जिसे क्लब का लक्ष्य बनाया जाए। यों पापी कई थे, पर हिटलर को पापी मानने में सुभीता यह था कि वह जर्मनी में ही था और उसके लिए परदेस जाने की ज़रूरत नहीं थी। अतः जल्दी-जल्दी में उसने हिटलर को ही मारने का तय कर लिया और क्लब की मीटिंग बुलाने की सोचने लगा।

क्लब के पुराने सदस्य सब बूढ़े दादा के साथ फ्रांस में ही मर चुके थे। नए खून को लाना ज़रूरी था। गिट्सबर्ग की समझ में नहीं आ रहा था कि वह क्या करे। इतने बड़े जर्मनी में वह हिटलर के विरोधियों को कैसे खोजे ? रेस्तराँ में बैठा वह चुपचाप इस विषय में सोचता रहता। बाद में अचानक उसकी मुलाकात बादमेर और आँचू तम्बाखूवाले से हो गई। ये तीनों मित्र बन गए और पापियों का नाश करनेवाला पेरिस का पुराना गुप्त क्लब फिर सक्रिय हो गया।

फ्रेंज गिट्सबर्ग ठिगने कद का आदमी है और छोटी-छोटी मूँछें रखता है। उसका पिता भी ठिगना था और उसके पिता के पिता भी ठिगने ही थे। वास्तव में गिट्सबर्ग परिवार ही ठिगनों का परिवार है। नेपोलियन का विरोधी फ्रेंज का पुरखा गिट्सबर्ग भी ठिगना ही था। सदैव ये लोग हीन भाव से पीड़ित रहते थे, पर नेपोलियन की सफलता ने इन्हें प्रेरणा दी कि कोशिश करने पर ठिगना आदमी भी संसार का नेता हो सकता है। गिट्सबर्ग के ठिगने पुरखे की आशा यही थी कि वह नेपोलियन को खत्म कर संसार का नेतृत्व करेगा। फ्रेंज भी यही सोचता था कि हिटलर को समाप्त कर वह जर्मनी का नेता बन जाए और संसार की रक्षा करे। उसकी एक बाधा यही भी थी कि हिटलर ठिगना नहीं था।

गुप्त क्लब की पहली बैठक भी गिट्सबर्ग के घर में ही हुई। शराब के गिलास और आँचू के कारखाने की सिगरेट हाथ में ले तीनों ने प्रतिज्ञा की कि वे हिटलर को खत्म करेंगे।

फ्रेंज ने खड़े होकर कहा, ''हम संसार के पापियों का नाश कर देंगे···''

बादमेर खड़ा हुआ और बीच में बोला, ''ताकि दुनिया का पियानो ठीक रहे···''

''···और सब शान्ति से सिगरेट पी सकें !'' आँचू ने जोड़ दिया। फिर वे तीनों बैठ गए।

कमरा बहुत छोटा था। सारे खिड़की, दरवाज़े और रोशनदान बन्द कर दिए गए थे ताकि इनकी बातचीत नाजी गुप्तचरों तक न पहुँचे। अतः गर्मी के कारण मीटिंग ज़्यादा देर तक नहीं चल सकी। यह तय हुआ कि हिटलर को मारने के सरल तरीकों पर सब सदस्य अलग-अलग विचार करें और अगली मीटिंग में प्रस्ताव रखें। फिर सिगरेट का पूरा पैकेट खत्म कर मीटिंग समाप्त घोषित की गई।

क्लब के तीनों सदस्य हिटलर को मारने की समस्या पर बड़े परेशान रहे। फ्रेंज गिट्सबर्ग क्लब के खर्चे से जासूसी उपन्यास पढ़ने लगा और फिल्में देखने लगा ताकि उसे कोई आइडिया मिले। बादमेर बर्लिन की सूनी जगहों पर पियानो बजाने लगा ताकि वह शान्तिपूर्वक विचार कर सके। आँचू तम्बाखूवाला तो इस प्रश्न पर इतना चिन्तित हो गया कि उसने ग्राहकों से राय लेना आरम्भ कर दिया। अपने ग्राहकों से वह प्रायः पूछ बैठता— 'कहिए साहब, आपका क्या ख्याल है, हिटलर को कैसे मारा जा सकता है ?' कोई ग्राहक इसपर हँस देता, कोई घूरता और कोई उसे मुक्का बताता। फ्रेंज ने उसे रोका और डाँटा कि अगर खुले आम यह चर्चा करते रहे, तो हिटलर के गुप्तचरों को पता लग जाएगा और तुम जेल में डाल दिए जाओगे। आँचू डर गया और फिर खुद ही हिटलर को मारने के तरीकों पर विचार करने लगा।

गुप्त क्लब की दूसरी मीटिंग पहली मीटिंग के छः महीने बाद हुई। सबसे पहले बादमेर ने प्रस्ताव रखा, "क्यों न हम लोग ऐसा पियानो बनाएँ जिसे बजाने से ही हिटलर मर जाए !"

"क्या मतलब ?"

"मतलब यह कि हम ऐसा पियानो बनाएँ, जिसमें ज़हरीला तीर लगा हो। पियानो पर हाथ रखते ही वह तीर निकले और हिटलर का गला काट दे।"

"मगर ऐसा पियानो बनेगा कैसे ?"

"मैं कोशिश करूँगा।" बादमेर ने कहा, "वास्तव में मैं ऐसे दो पियानो बनाना चाहता हूँ। एक मारिया के तथाकथित पति कार्ल हाफ्टमैन को भेंट में दूँगा ताकि वह मर जाए और मारिया मुझसे विवाह कर सके और दूसरा क्लब की ओर से हिटलर को दूँगा।"

"पर क्या यह ज़रूरी है कि हिटलर पियानो बजाए ही। वह पियानो बजाना पसन्द भी करता है ?" फ्रेंज ने पूछा।

"उसे बजाना चाहिए। जर्मनी जैसे महान् राष्ट्र के महान् नेता को पियानो बजाना आना ही चाहिए। हम पियानो भेंट करने के बाद उससे प्रार्थना करें कि

एक बार पियानो अवश्य बजाए। वह बजाएगा और जैसा कि क्लब का ध्येय है, मर जाएगा।''

''ठीक है, इस सुझाव पर बाद में विचार होगा। आँचू, तुमने कोई तरीका खोजा है ?''

आँचू खड़ा हो गया और बोला, ''जी हाँ, अध्यक्ष महोदय। मेरे पास हिटलर को मारने का जो तरीका है, वह बहुत ही सीधा और सरल है। पियानो वाले तरीके की तरह उसमें कोई उलझन नहीं। जैसा कि आप लोग जानते हैं, हमारे क्लब का ध्येय पापियों का और पापियों में भी खास हिटलर का नाश करना है। अच्छा तो यह होता कि शुरुआत में हम कुछ छोटे-छोटे पापियों को मारते और बाद में उन अनुभवों के आधार पर हिटलर जैसे बड़े पापी पर प्रयोग करते। खैर, अब नीति बन चुकी है और उसमें हेर-फेर असम्भव है। इस समय तो हिटलर को मारने का ही काम बहुत ज़रूरी है और शीघ्र ही इसे निपटाना है, क्योंकि यदि हिटलर की मौत किसी और ढंग से हो गई, तो इससे हमारे क्लब की बड़ी बदनामी होगी। नेपोलियन को हमारे क्लब के पुरखा सदस्य (ईश्वर उनकी आत्मा को शान्ति दे) नहीं मार पाए, यह कलंक हमारे चेहरे पर है और हिटलर को मारकर ही इसे धोया जा सकता है। हमारे मानव समाज में···''

''आँचू, तरीका सुझाओ, भाषण मत करो।'' फ्रेंज ने कहा।

आँचू ने नम्रता से कहा, ''मैं विषय पर ही आ रहा हूँ, अध्यक्ष महोदय ! तो हमारे मानव समाज में हिटलर जैसे व्यक्ति का नेता होना, जो मेरे कारखाने की सिगरेट तक नहीं पीता, अत्यन्त खेद और दुःख का विषय है। उसका सिगरेट न पीना सारे जर्मनी का अपमान है। मुझे यह जानकर प्रसन्नता है और गर्व भी कि हमारा यह क्लब, जो हिटलर को मारना चाहता है, किसी राजनीतिक गुटबन्दी से परे है, ऊपर है। संकीर्ण राजनीतिक स्वार्थों के कारण ही नहीं, वरन् पवित्र व्यक्तिगत भावनाओं के कारण हमने हिटलर को मारने की ज़िम्मेदारी ली है, जिसे हमें मिल-जुलकर निभाना है···।''

''आँचू, भाषण नहीं।''

''मैं विषय पर ही आ रहा हूँ, अध्यक्ष महोदय ! तो मैं यह कहना चाहता था कि हिटलर को मारने के लिए हमें अत्यन्त व्यवस्थित और सुसंघटित तरीके से काम करना होगा। यदि हममें एकता बनी रहे और यदि हम अपने ध्येय पर दृढ़ रहें, तो कोई कारण नहीं कि हम हिटलर को न मार सकें। मुझे आशा है, आशा ही नहीं बल्कि विश्वास है कि यदि हम इसी प्रकार मिलते-जुलते रहे, किसी

राजनीतिक दलबन्दी में नहीं पड़े और क्लब अपने ध्येय पर दृढ़ रहा, तो एक न एक रोज़ ईश्वर ने चाहा तो हिटलर अवश्य मर जाएगा। इतना कहकर मैं अपना स्थान ग्रहण करता हूँ।'' और आँचू झुककर बैठ गया।

''मगर तुमने कोई तरीका नहीं बताया, आँचू,'' फ्रेंज ने कहा।

''अध्यक्ष महोदय, मैं पूछता चाहता हूँ, राजनीतिक गुटबन्दी से ऊपर उठकर ध्येय की एकता का निर्माण कर व्यवस्थित और सुसंघटित प्रयासों द्वारा मंज़िल को प्राप्त करना, क्या यह हिटलर को मारने का तरीका नहीं होगा ?''

''हाँ, यह तरीका तो है, मगर····''

''बस, क्लब के लिए मेरी यही सलाह है और मैं सोचता हूँ, क्लब इस पर अमल करेगा।''

''ठीक है।'' फ्रेंज ने खड़े होकर कहा, ''मेरे मित्रो, पिछले छ: महीनों में इस क्लब के इरादे को कैसे पूरा किया जाए, इस विषय पर हम लोगों ने खूब सोचा है और बड़े अच्छे नतीजे सामने आए हैं। इस क्लब के सबसे पहले जो अध्यक्ष बने थे—यानी मेरे परदादा गिट्सबर्ग—उनका कहना था कि कमेटी में ईश्वर होता है। यानी जब हर व्यक्ति में ईश्वर का अंश होता है और जब अनेक व्यक्ति इकट्ठे होते हैं, तो थोड़े-थोड़े होकर एक पूरा ईश्वर बन जाता है। आप समझे मेरी बात ? ईश्वर-तत्त्व जो व्यक्तियों में विभाजित अवस्था में रहता है, कमेटी में एक हो जाता है। हमारा विश्वास है कि इस क्लब में भी, जिसके तीन सदस्य हैं, ईश्वर का वास है। (तालियाँ) तो मेरे मित्रो, ईश्वर की इच्छा यही है कि हिटलर की मृत्यु हो। मैंने भी इन दिनों हिटलर को मारने के तरीकों की खोजबीन की है। कई पुरानी और नई किताबें पढ़ी हैं, फिल्में देखी हैं। हिटलर को मारने के कई तरीके हैं, जैसे हम उसे तलवार से मार सकते हैं; पिस्तौल से मार सकते हैं; गला घोंट सकते हैं; फाँसी लगा सकते हैं; ज़हर दे सकते हैं; नदी में डुबो सकते हैं; पहाड़ से गिरा सकते हैं। और तो और, हम उसे ऐसी चुभती हुई बात कह सकते हैं कि वह स्वयं शर्मिन्दा होकर आत्महत्या कर ले। मेरा मतलब इसके कई तरीके हैं, जिस पर मैंने विचार किया है, पुस्तकें पढ़ी हैं और फिल्में देखी हैं। मगर इसके लिए ज़रूरी है कि हिटलर हमारे कब्ज़े में हो। हमारा उद्देश्य है किसी तरह हिटलर को प्राप्त करना और फिर उसे ऐसे तरीके से, जो क्लब को मंजूर हो, मार डालना। मेरी एक राय यह भी है कि हिटलर को मारने का काम हम एक अनुभवी व्यक्ति को सौंप दें जैसे जान मार्किस को यह काम हम दे दें। आप जानते हैं और आपने फिल्मों में देखा होगा कि जान मार्किस की पिस्तौल की एक गोली किसी आदमी

का सफाया करने को काफी है। कई फिल्मों में तो उसने तीन-तीन खून एक साथ किए हैं। मैंने फिल्मों में देखा है, वह बहुत स्वस्थ है और निर्ममता से हत्या करना जानता है। क्यों नहीं हम उससे हिटलर को मारने के लिए कहें ? बल्कि हम उसे इसका ठेका दे दें। हम चाहें तो कुछ अच्छे हत्यारों के टेण्डर बुलवा सकते हैं और जिसका टेण्डर सस्ता हो, उसे यह ऐतिहासिक काम सौंप सकते हैं।''

''बिल्कुल ठीक है, फ्रेंज।'' आँचू ने कहा, ''जान मार्किस इस सदी का सबसे खतरनाक विलेन है और सारी फिल्मों में मिलाकर कुल खून जितने उसने किए, मेरे ख्याल से किसी पेशेवर अपराधी ने भी नहीं किए होंगे।''

''मैं जान मार्किस का जानता हूँ। उसका पियानो एक-दो बार ठीक कर चुका हूँ,'' बादमेर ने कहा, जिसे नींद आने लगी थी।

''मैं क्या नहीं जानता ! वह मेरे कारखाने की सिगरेट पीता है !'' आँचू गर्व से बोला।

जान मार्किस से मिलने का निर्णय करने के बाद क्लब की मीटिंग समाप्त हुई।

फ्रेंज, बादमेर और आँचू पूरे एक सप्ताह तक तलाश करने के बाद बर्लिन के प्रसिद्ध फिल्म-स्टार जान मार्किस से, जो विलेन का अभिनय करने में योरोप में सर्वश्रेष्ठ माना जाता था, मिल पाए। उस वक्त वह बर्लिन के सबसे ठाठदार शराबघर में बैठा हुआ था। इन तीनों के पास इतने रुपए नहीं थे कि उस शराबघर में घुस पाते, पर कुछ नहीं पीने का तय कर ये तीनों अन्दर गए।

बादमेर ने इशारे से बताया कि वे रहे जान मार्किस।

फ्रेंज आगे बढ़ा और मार्किस से हाथ मिलाते हुए बोला, ''हम लोग आपसे कुछ बातचीत करना चाहते हैं।''

''गुप्त बाचतीत,'' आँचू ने स्पष्ट किया।

मार्किस मुस्कराया और बोला, ''आप कोई फिल्म बनाने की सोच रहे हैं क्या ?''

''फिल्म नहीं, हम लोग इतिहास बना रहे हैं !'' फ्रेंज ने जवाब दिया।

''बहुत अच्छे !'' मार्किस ने इन तीनों के लिए एक-एक पेग का ऑर्डर दिया और कहा, ''मैं आप लोगों का परिचय चाहता हूँ।''

''मुझे बादमेर कहते हैं। मैं बर्लिन ही नहीं, पूरे योरोप का सबसे अच्छा पियानो सुधारनेवाला हूँ। आपके यहाँ इस काम से एक बार आ भी चुका हूँ।''

''हाँ···हाँ, मुझे याद आया। मगर यार, तुम सुधारकर गए और वह पियानो आठ रोज़ में फिर बिगड़ गया ! मैंने अपने एक मित्र नाजी ऑफिसर कार्ल हाफ्टमैन

और उनकी पत्नी मारिया हाफ्टमैन को घर में पार्टी दी थी। जब मारिया पियानो बजाने बैठी, तो वह काम नहीं कर रहा था। मुझे बड़ा शर्मिन्दा होना पड़ा। मैंने कहा, 'मारिया मैडम ! मैं शर्मिन्दा हूँ, मगर पियानो अभी कुछ ही दिन हुए बादमेर सुधार चुका है जो बर्लिन का सबसे अच्छा कारीगर है।' इस पर मारिया हँसी और कहने लगी, 'उस मनहूस को अभी तक पियानो सुधारना आया कहाँ है !' क्यों भाई, क्या तुम उसका भी पियानो बिगाड़ आए थे ?''

बादमेर यह सुनकर उदास हो गया। उसका मुँह लटक गया और आँखें भीग गईं।

''इसने मारिया का पियानो नही बिगाड़ा है, मारिया ने इसका पियानो बिगाड़ रखा है,'' आँचू बोला।

तीनों हँस पड़े।

''आपकी तारीफ ?''

''मुझे आँचू कहते हैं और यह सिगरेट, जो आप पी रहे हैं, मेरे ही कारखाने की बनी है।''

''आप अमेरिका से आए हैं ?''

''जी नहीं, मैं शुद्ध जर्मन हूँ।''

''यह सिगरेट तो अमेरिका की बनी है। हॉलीवुड के मेरे एक दोस्त फिल्म-स्टार ने इस क्रिसमिस पर भेजी थी। आपका क्या अमेरिका में सिगरेट का कारखाना है ?'' मार्किस ने पूछा।

''जी नहीं।'' आँचू ने धीरे से कहा, ''मेरा यहीं सिगरेट का एक कारखाना है। मैं समझा, यह सिगरेट मेरे ही कारखाने की बनी है।''

''खैर, कोई बात नहीं। सारी सिगरेटें सफेद रंग की होती हैं और हर कारखानेदार उसे अपनी बनाई समझता है। आपसे मिलकर बड़ी खुशी हुई। आप मिस्टर कौन हैं ?''

''यह हैं फ्रेंज गिट्सबर्ग—हमारे क्लब के अध्यक्ष।''

''आपका क्लब ? कौन-सा ?''

''पापियों का नाश करने के लिए एक क्लब हमने खोला है, मिस्टर मार्किस,'' फ्रेंज ने बताया।

''अच्छा, कोई रजिस्टर्ड बॉडी है ?''

''फिलहाल तो रजिस्टर्ड नहीं, पर जल्दी ही हम इसे रजिस्टर्ड कराने की सोच रहे हैं,'' आँचू ने कहा।

''आप क्लब से फिल्म बनवाना चाहते हैं ?''

''हम कह चुके हैं, हम फिल्म नहीं, इतिहास बनाना चाहते हैं !'' फ्रेंज ने कड़ककर उत्तर दिया।

''बहुत अच्छे ! आप लोग शराब लीजिए न ! शरमा क्यों रहे हैं !'' मार्किस ने पेग उठाते हुए कहा, ''इतिहास के विषय में मैं भी कई दिनों से सोच रहा था। जर्मनी में फिल्म-इण्डस्ट्री इतनी प्रगति कर चुकी है कि उसका इतिहास लिखा जाना ज़रूरी है। खासकर हिटलर के आने के बाद से फिल्म-इण्डस्ट्री बहुत आगे बढ़ी है। ईश्वर हमारे महान् नेता हिटलर को दीर्घायु करे कि आगे जर्मन फिल्मों का सारे संसार में आदर हो। आप यदि इतिहास लिखें तो इस बात की ज़रूर चर्चा करें कि हिटलर महान् ने हमारी फिल्मों की प्रगति के लिए बड़ी प्रेरणा और सहायता दी है। क्या ख्याल है, आँचू ?''

''आप बिलकुल ठीक कहते हैं, जहाँ तक फिल्मों का सम्बन्ध है। काश, यह हिटलर महान् सिगरेट-इण्डस्ट्री को भी अपनी प्रेरणा और सहायता देता !''

मार्किस हँसने लगा।

''आपने कई फिल्मों में कई आदमियों की जानें ली हैं और हर वक्त आपने नया ढंग अपनाया है। आप इस सिफत से आदमी को मारते हैं कि पुलिस पता नहीं लगा पाती कि किसने मारा है। आपकी फिल्में देखकर लगता है कि आपके लिए आदमी की जान लेना हँसी-खेल है। हमारा क्लब चाहता है कि हमारी ओर से भी आप एक आदमी को मार डालने की कृपा करें।''

''क्या कहा⋯? एँ !''

''फ्रेंज का मतलब है कि हिटलर को मारने का जो पवित्र लक्ष्य इस क्लब ने बनाया है, उसे आप पूरा करने का ठेका ले लें,'' आँचू ने स्पष्ट कर दिया।

''आप लोग इस रेस्तराँ में आने के पहले भी कहीं से पीकर आए थे ?'' मार्किस ने तीनों के चेहरे देखते हुए कहा।

''हमें गलत न समझिए। गुप्त क्लब ने हिटलर को पापी घोषित किया है और हम क्लब की ओर से आपको आज्ञा देते हैं कि आप उसका नाश करें,'' फ्रेंज कड़ककर बोला। मार्किस इन तीनों के चेहरे देखकर काँपने लगा।

''आप लोग मुझे क्या समझ रहे हैं ? अजीब बात है। मैं हिटलर को कैसे मार सकता हूँ ? मैं किसी भी आदमी को कैसे मार सकता हूँ ?''

''जिस तरह फिल्म में मारते हैं। कार में जाइए, पिस्तौल निकालिए और उसे शूट कर दीजिए।''

‘‘क्या कहते हैं···क्या कहते हैं ?’’ मार्किस की आँखों में आँसू आ गए। उसकी आवाज़ भरने लगी। ‘‘मैंने कभी किसी आदमी को नहीं मारा। मुझसे ईश्वर की कसम ले लो; मैंने कभी किसीको नहीं मारा।’’

‘‘हमने आँखों से देखा है आपको मारते हुए।’’

‘‘फिल्म में देखा होगा। फिल्म की बात और है। यों मैं क्या किसी को मारूँगा ! प्रोड्यूसर लोग मेरे रुपए नहीं देते, पर मैं उनको तमाचा तक नहीं मार पाता। आप मुझे खूनी समझते हैं ! मैं हर सप्ताह चर्च जानेवाला इस जर्मनी का सबसे धर्मात्मा आदमी हूँ।’’

‘‘इसका मतलब तुम बुज़दिल हो !’’

‘‘बिलकुल ठीक समझा आपने, बिलकुल ठीक समझा।’’

‘‘इसका मतलब तुम इतिहास नहीं बना सकते !’’

‘‘मैं सिवा फिल्म में काम करने के कुछ नहीं कर सकता।’’ और मार्किस टेबल से सिर टिकाकर रोने लगा।

तीनों मार्किस को इस हाल में देखते रहे। फिर आँचू ने कहा, ‘‘छोड़ो यार, फ्रेंज। ये अमेरिकी सिगरेट पीनेवाला मार्किस का बच्चा क्या किसी का खून करेगा !’’

‘‘यह उस बदमाश नाजी अफसर हाफ्टमैन का दोस्त है। यह हिटलर को क्या मारेगा !’’ बादमेर बोला।

तीनों उठ खड़े हुए। मार्किस वैसे ही सिर टिकाए बैठा रहा। फ्रेंज ने उसके कान में कहा, ‘‘अगर आज की बातचीत का हवाला किसी को दिया, तो अपनी मौत सिर पर समझो।’’

‘‘आप लोग जाइए। मैं किसी से नहीं कहूँगा।’’

ये तीनों शराबघर के बाहर आ गए।

उसी रात दूसरे महायुद्ध की घोषणा हुई। सारे जर्मनी में सैनिक हलचल शुरू हो गई। हवाई जहाज़ सर पर मँडराने लगे। सौभाग्य से आँचू का सिगरेट का कारखाना दिन-रात चलने लगा और वह व्यस्त हो गया। इधर मिलिटरी की कम्पलसरी भरती शुरू हुई और बादमेर को फौज में जाना पड़ा। उसने मिलिटरी ऑफिसर से कहा कि वह सिर्फ पियानो बजाने और सुधारने के सिवा कुछ नहीं कर सकता। ऑफिसर ने ठहाका लगाया; ‘‘खैर, यार, जंग जीत लें, फिर तेरा पियोना सुनेंगे !’’

अकेला फ्रेंज बर्लिन में छुपता हुआ घूमता रहा, ताकि वह नाजियों के उपयोग में न आ सके। हिटलर दिन पर दिन आगे बढ़ रहा था और नए शहरों पर जीत हासिल करता जा रहा था। सारे जर्मनी में उसकी जयजयकार हो रही थी। बर्लिन

में चौबीसों घण्टे चहल-पहल रहती। फ्रेंज इसी रेस्तराँ में, जहाँ आजकल बैठा रहता है, शाम को आता और बैठा रहता। सब लोग नई जीत की चर्चा करते और वह सिर लटकाए रहता। क्लब का काम ठप हो गया था। कभी-कभी वह आँचू से मिलने आता और कहता, ''भाई, अब क्या करें ? क्लब तो ठण्डा पड़ गया।''

''हिटलर को तो मरने की भी फुरसत नहीं है। क्लब क्या कर सकता है !'' आँचू उत्तर देता।

''जिस तरह नेपोलियन के मामले में क्लब असफल रहा, उसी तरह कहीं हिटलर के मामले में भी हमें निराश न होना पड़े।''

''निराश होने की क्या बात है। हम लोग अगर अपने निश्चय पर दृढ़ रहे, तो सफलता अवश्य मिलेगी।''

''बादमेर की क्या खबर है ?''

''बुरे हाल हैं बेचारे के ! वह जिस डिवीज़न में भरती किया गया, उसका कैप्टन हाफ्टमैन है। बेचारा बादमेर उसी के हुक्म पर कवायद करता है और मारिया कुरसी पर बैठी देखती है।''

''पुराने घाव पर रोज़ नमक पड़ता होगा बेचारे के !''

''मुझे उम्मीद है कि एक रोज़ बादमेर मारिया को फिर प्राप्त कर लेगा।''

''उम्मीदें तो बहुत हैं। हम हिटलर को खत्म करने की उम्मीद किए हैं। मेरे पुरखे मुझे रोज़ सपना देते हैं, मुझ पर हँसते हैं, चिढ़ाते हैं।''

''क्या कहते हैं ?''

''कहते हैं, अध्यक्ष महोदय, मार लिया हिटलर को ?''

''अपने पुरखों से कहो न, जल्दी क्यों करते हैं !'' आँचू ने उसे समझाया।

''पुरखों को तो मैं जवाब दे दूँगा, मगर इतिहासकारों को क्या जवाब दूँगा, आँचू ?''

''अरे, इतिहासकार कौन तुमसे पूछने आते हैं ! और फिर यार, तुम समझते हो, मैं सिगरेट का यह कारखाना छोड़कर पिस्तौल लेकर उस हिटलर के पीछे घूमता रहूँगा ? मुझसे यह होने से रहा। मेरा इस्तीफा ले लो क्लब से।''

''नहीं आँचू, मुझे गलत न समझो। मैं यही सोचता हूँ कि कहीं इस युद्ध की हलचल में हम अपना ध्येय न भूल जाएँ।''

''मुझे याद है भई, हमें हिटलर को मारना है। हम लोग किसी राजनीतिक गुटबन्दी में तो हैं ही नहीं। जब मौका लगेगा, मार देंगे। उस रोज़ वह मार्किस का बच्चा तैयार हो जाता, तो अभी तक हिटलर मर चुका होता।''

''उस गधे का नाम मत लो। मैंने तो उसकी फिल्में तक देखना बन्द कर दिया।'' फ्रेंज ने कहा, ''उस घटना के बाद से मेरा फिल्म-एक्टरों पर से विश्वास उठ गया।''

गरज यह कि इसी तरह ये लोग बातें करते रहते। युद्ध की ज्वालाओं में सभी लिपटे हुए थे। कभी ऐसा अवसर नहीं आता कि इनके हाथ में पिस्तौल हो और हिटलर अकेला सामने हो। फिर जर्मनी की हार होने लगी। एक-एक देश हाथ से छूटते चले गए, बर्लिन तक दुश्मनों के हवाई जहाज़ आने लगे। रूसी फौजों ने जर्मनी के बड़े हिस्से पर अधिकार जमा लिया और वे बर्लिन की तरफ बढ़ने लगीं। आँचू के सिगरेट कारखाने पर एक बम गिर चुका था और उसका सारा काम ठप हो गया था। वह और फ्रेंज बर्लिन में एक जगह से दूसरी जगह घूमते और हिटलर को मारने का उनका मनसूबा और दृढ़ होता जाता। आँचू का क्रोध हिटलर के प्रति अब और बढ़ गया था। न वह युद्ध करता और न आँचू का सिगरेट का कारखाना बरबाद होता। कारखाना बरबाद होने से आँचू को फ्रेंज के समान क्लब का काम करने की पूरी फुरसत थी।

उसी रात रूसी सेना बर्लिन में घुस आई। शाम आँचू और बादमेर हिटलर के पैलेस में गए। फ्रेंज बाहर खड़ा रहा। बादमेर ने देखा, सीढ़ियों पर हाफ्टमैन की लाश पड़ी है। उसने आँचू से कहा, ''हाफ्टमैन मर गया।''

''अच्छा हुआ। अब हिटलर भी मरेगा।''

''मारिया रिल्के के पास मुझे जाना चाहिए।''

''क्यों, सहानुभूति जताने जा रहे हो ?''

''नहीं, उससे कहूँगा, अब तो हाफ्टमैन मर गया, मुझसे शादी कर ले।''

''फिर कह देना। पहले क्लब की ओर से हिटलर का खात्मा करना ज़रूरी है।''

''यदि इतनी देर में कोई दूसरा व्यक्ति मारिया को ले गया, तो मेरे हाथ में आया यह सुनहरा मौका भी निकल जाएगा।''

''तो तुम जा रहे हो ?''

''हाँ। तुम जल्दी अपना काम खत्म कर मेरी शादी की पार्टी में आओ। ओह ! आज की रात कितनी सुहानी होगी !''

और बादमेर चला गया। बाहर फ्रेंज ने भी उसे रोकने की कोशिश की, पर वह नहीं माना।

अब सारा खेल आँचू तम्बाखूवाला के हाथ में आ गया। उसने अपने झोले

से सिगरेट के पैकेट निकाले और हिटलर के पहरे में खड़े जर्मन सिपाहियों को बाँटने लगा, ''वाह बहादुर सिपाहियो, पिछले कई सालों से तुम इस जंग के पीछे बेवकूफ बनते रहे और अच्छे किस्म की सिगरेट नहीं पी पाए। लानत है ऐसी ज़िन्दगी पर! चारों ओर धुआँ है और मुँह में धुआँ नहीं। हिटलर अजीब आदमी है, न खुद सिगरेट पीता है न दूसरों को पीने देता है। लो भाइयो, आँचू के बरबाद कारखाने की आखिरी सिगरेटें अपनी ज़िन्दगी के आखिरी दिनों में पी लो।''

सिगरेट, शराब और लड़की सिपाही की कमज़ोरी होती है। नाजी सिपाही आँचू के दिए पैकेट लेकर सिगरेट पीने लगे। वह कहता रहा, ''हमारे क्लब ने, जिसका उद्देश्य पापियों का नाश करना है और जिसके अध्यक्ष जर्मनी के महान् इतिहास-निर्माता फ्रेंज गिट्सबर्ग हैं, यह तय किया है कि सिगरेट पीनेवालों को आज के रोज़ मुफ्त सिगरेटें बाँटी जाएँ और जो सिगरेट नहीं पीता, उसको गोली मार दी जाए।''

यह कहता हुआ आँचू हिटलर के महल के अन्दर घुसता गया। सिपाही लोग रूस के आगे बढ़ने से इतने घबराए हुए थे कि वे यह सुन भी नहीं रहे थे कि आँचू क्या बोल रहा है। अब आँचू हिटलर के कमरे के पास गया। तब तक रूसी फौजें हिटलर का पैलेस घेर चुकी थीं और सिपाही अन्दर घुस रहे थे। आँचू की दी सिगरेटें फूँकते हुए नाजी सिपाही गोली चलाने लगे। फ्रेंज गिट्बसर्ग, जो अभी तक पैलेस के बाहर खड़ा हुआ आँचू की प्रतीक्षा कर रहा था, गोलियाँ चलती देख चल दिया। इधर आँचू हिटलर के कमरे में घुस गया। हिटलर उस समय एक नक्शा देख रहा था। आर्यावर्त का और जाने क्या सोचकर हँस रहा था। आँचू को देख उसने पूछा, ''कौन हो तुम?''

''नहीं पहचाने मुझे? मैं हूँ आँचू तम्बाखूवाला। याद है, एक बार मैं तुम्हारे पास आया था सिगरेट के मामले में बात करने?''

''हूँ, समझ गया। कहाँ हैं वे लोहे की सिगरेटें, जिन्हें बनाने के लिए मैंने तुम्हें आज्ञा दी थी?'' हिटलर ने उससे पूछा।

''हें हें...लोहे की सिगरेटें! उन्हें पीना चाहते हो? वे मेरी इस पिस्तौल में हैं।''

''बहुत अच्छे। एक पिस्तौल में कितनी सिगरेटें आती हैं?''

''तेरी जान लेने के लिए एक काफी है।''

''क्या मतलब?''

''मतलब बताऊँ! मैं एक गुप्त क्लब का सम्माननीय सदस्य हूँ जिसका

अध्यक्ष संसार का इतिहास-निर्माता फ्रेंज गिट्सबर्ग है। इस क्लब का उद्देश्य पापियों का नाश करना है। इसके अन्तर्गत आज मैं तुझे मारने आया हूँ।''

''क्लब को रजिस्टर्ड करवाया या नहीं ?''

''नहीं। तेरे मरने पर करवाएँगे।''

''तुम बड़े बदतमीज़ हो। क्या तुम कम्युनिस्ट हो ?''

''जी नहीं। हम किसी राजनीतिक गुटबन्दी या दलबन्दी में नहीं हैं। हमारा क्लब इससे परे है और संसार से पापियों के नाश के हमारे प्रयास वैयक्तिक एवं स्वतन्त्र रूप से किए जा रहे हैं। कम्युनिस्ट तुम्हें मारें उसके पहले हम तुम्हें मारकर सारा क्रेडिट लूट लेंगे।''

''तो तुम मुझे मारने आए हो ?''

''हाँ। अब समझे !''

''मैं तुम्हारे कारखाने की सिगरेट पीने को तैयार हूँ। उसके विज्ञापन में अपना फोटो दे सकता हूँ,'' हिटलर गिड़गिड़ाया।

''अरे, अब तो कारखाना भी बरबाद हो गया, भाई ! जब बोला था, तब तू तैयार नहीं हुआ। अब क्या फायदा ?''

इसी समय रूसी लोगों ने कमरे के बाहर नारा लगाया। आँचू ने तुरन्त हिटलर को गोली मार दी। हिटलर वहीं ढेर हो गया। फिर इस प्रकार पापियों का नाश करनेवाले पेरिस के पुराने गुप्त क्लब का उद्देश्य पूरा हुआ।

भगवान और मुर्गा

* * *

सुबह हुई। धूप चढ़ी कमर के बेल्ट तक !

और मियाँ अब्बास की दोनों बिटिया रामझरोखे बैठे ताकने-मुस्काने लगीं। कसे कपड़ों में ऐसी लगें जैसे कपड़ा चढ़ी बोतलें हों। आँखों में चमक है, शोखी भी और ठण्डी-ठण्डी यादें भी, आहें भी। अभी-अभी इनकी ओर देखता एक मुर्गा, धीरे-धीरे जमादार की चाल मोड़ से निकल गया।

अब्बास की बेटियों ने अपना शरीर सहलाया और मुर्गे ने पंख में चोंच गड़ाई। उनके दुपट्टे सँभले, इनकी कलगी ठुमकी। दोनों की हरकतों में कोई सम्बन्ध नहीं, पर ऐसा हो रहा था। मुर्गा मर्द होता आदमज़ात, मूँछें मरोड़ता और आँख मारता तो बस्ती में कुछ बात बनती। किस्से खिंचते, हँसियाँ आतीं। सतमहा बच्चा कूड़े पर पड़ा मिलता तो सार्वजनिक सहानुभूतियाँ 'च्य-च्य' करतीं। पर ऐसा नहीं है। मुर्गा मुर्गा है, अपनी जाति की परम्परा और निजी मस्ती में पाँच मुर्गियों पर भी पटेलाई करे तो सरकार दोष नहीं समझती, समाज बुरा नहीं मानता। अण्डे देना मुर्गी का नैतिक दायित्व है और लम्बे समय तक कुड़क रहना—समाजद्रोह, हड़ताल, अनुशासनहीनता ! मुर्गी इस बात को अच्छी तरह जानता है। उसकी मुर्गियाँ कर्तव्यपरायण हैं, उत्पादन गुणी हैं अतः वह सन्तुष्ट है। झरोखे से सदा झाँकती, अब्बास परिवार की मादाओं को वह देखता है तो मन में खैर मनाता है कि उसके दड़बेवालियों पर इनका प्रभाव नहीं है। कोई किसी अजीब हवलदार से गिलयारे में छेड़छाड़ करवा मन में नाचती नहीं। मियाँ अब्बास के तथाकथित साठ रुपए

वाले चश्मे जैसी धूल की तहें उसकी आँखों पर नहीं चढ़ी हैं। अजी, छुपा क्या है मुर्गे से ! ज़रूर एक दिन बड़ी बेटी रब्बो अजीज़ हवलदार के घर में घुस जाएगी और अब्बास मियाँ ओटले पर बैठे ठण्डे पानी के छींटे मुँह पर मारते रहेंगे।

धन्य हो ! अभी भी वे यही कर रहे हैं।

मुर्गा कलगी चमकाता आगे बढ़ गया। जैसे दयाराम चपरासी नया साफा पहन कचहरी जा रहा हो !

आज सुबह से महल्ले का वातावरण बड़ा पावन है। तीज-त्यौहार पर बुआ जी को बड़े पैमाने पर पूजा करने की उचंग चढ़ती है। बड़े पैमाने से उनका अर्थ है ठाकुर जी के सामने डालडा ज़्यादा मात्रा में रखकर दीया जलाना, छः पैसे के चिरौंजी दाने मँगा लेना और बजाए रोटियाँ सेकने के पूरियाँ तलकर भक्तिभाव से ईश्वर के सामने रख खुद खा लेना। ऐसे दिन कोनेवाले हनुमान जी पर चोला चढ़ाने का संकल्प दुहराया जाता और पड़ोस की बेबी को स्नान के बाद शंख फूँकने की छूट मिल जाती।

आह ! जब शंख फूँकता है, घण्टी बजती है तो एकाएक इस महल्ले की हवाएँ पवित्र हो जाती हैं। ईशान्य कोण से देवताओं का ग्रुप गुपचुप खड़ा हो गया। पाण्डे भगत की तबियत करती है सरकारी नौकरी को सक्रिय रूप से लात मारें और लगे हाथ साधू हो जाएँ। जंगल में एकान्त आश्रम हो, सघन वृक्षों का कुंज हो। शुद्ध दूध और फल सामने रखे हों और भावना से प्रेमिका और क्रियाओं से सेविका चँवर डुला रही हो। मन-मन में गाली दे रही हो, 'हाय दैया, कैसा बेरहम ब्रह्मचारी है, किस अनजान से लौ लगाए बैठा है !'

पर कितने ही शंख फूँकें, मुर्गा कभी एकान्तवास की नहीं सोचता। महल्ला ईंट-चूने का यथार्थ है जहाँ उसे जीना है, भटकना है। ये मंज़िल की ओर जा रही नालियाँ, भंगी की प्रतीक्षा में बैठे कूड़े के ढेर, तटस्थ ओटले, फड़फड़ाती खिड़कियाँ, प्रौढ़ चिकें और दानेदार रास्ते ! सवेरा यों कि जमादार ड्यूटी पर आया, दोपहर यों कि जैसे बनिया हिसाब कर रहा हो और रात ऐसी कि कहीं बच्चा होनेवाला हो। इन सब रंगों, स्वरों और हरकतों के बीच मुर्गा ऐसा कि जैसे कुछ भी नहीं। मुर्गे का क्रोध लाला रणछोड़ का क्रोध नहीं कि बच्चों के कपड़े भीग जावें, उसकी वाणी जीवन जी की वाणी नहीं कि सुनकर तबियत वोट करने लगे। न उसकी बड़बड़ाहटें मियाँ अब्बास की तरह, जो नींद में भी समाप्त न हों।

मुर्गा जमादार की चाल मोड़ से निकला तो, पर अण्डेवाली को सामने देखकर

सकपका गया। सोचने लगा बुढ़िया टर्राएगी सो उसकी भी सुन लो। वह नाली की ओर मुँह कर खड़ा हो गया। अण्डेवाली बिना बोले रह नहीं सकती, खासकर ऐसे वक्त जब अब्बास मियाँ ठण्डे पानी की अंजली से मुँह सींच रहे हों।

"सलामालेकुम गरीबपरवर ! क्यों मेहरबानगी की है क्या मालिक, के सुने कि अब्दुलगनी को नौकरी से अलग करें ये सरकार वाले, तो मेरा बेटा क्या के कस्टम की चौकीदारी से भारी पड़ गया, कि जुलम ये तो, खाँय क्या ?"

"गनी से बोल कि अण्डे बेचे !"—अब्बास कुल्ली करने के बाद बोले।

"वाह के, ये खूब फिरमाया मालिक, अरे मैं तो अण्डे बेचते-बेचते अधबूढ़ी हुई और छोकरा भी बेचे तो सोने के अण्डे हैं के चील के, जो बज़ार ढूँढो नीं मिलें, कैसी बात करो ओ··· !"—वह बोली।

"चील के नहीं मगर मुर्गी के तो हैं, बेंच खा।"

"कैसे बात करो ! अरे हो तो बेचें, नी हो तो कहाँ से बेचें। राम जुलम करे तो मुर्गी-मुर्गे भी नी छोड़े कदी, ऐसी लगे बीमारी के यूँ के यूँ रह जाँय। मैं तो कहूँ दुश्मन को भी ऐसा नी हो।"

"सवेरे-सवेरे दाता को गाली दे रही है, डोकरी।"—अब्बास मियाँ ने टोका।

"इसमें गाली क्या कि ये तो उसकी माया। और कभी भगवान करे तो ऐसे अण्डे होंय रोज के रोज कि भरी-भरी जाऊँ और खाली-खाली आऊँ। तुम बोलोगे बढ़िया की जुबान कैसी चले कैंची सरकी, कतर-कतर; पर मैं तो सच्ची बोलूँ, मेरा मन जाने इस साल भगवान ने भारी की, ऐसे अण्डे दिलवाए इन मुर्गियों से कि बेटा-बेटी होंय तो ब्याह निपट जाए !"

"अरे सब अण्डे भगवान के दिए हैं, कम हों या ज़्यादा !"—अब्बास यो ही बोल गए।

"सच्ची बात मालिक, अण्डे तो सब भगवान के ! अच्छा जाऊँ नी तो सिन्धी सेठ दूसरे से ले लेगा और फिर मुझे कालानी भी जाना है कि सलामालेकुम।"

"मालेकुम सलाम !"

"एके देखो मेरे अब्दुलगनी की नौकरी नी छूटे कस्टम से, हाँ। पोरके साल तो ब्याह हुआ, बऊ को सातवाँ चले और तवालत में फाँके पड़ें, जीना कि नी जीना।"

"हाँ भई, देख लेंगे।"

अण्डेवाली चली गई। अब्बास मियाँ ने तूतीदार लौटा उठाकर चिक हटाई, पर इस क्षण सदा की तरह मुर्गे ने ठण्डी साँस नहीं छोड़ी बल्कि स्तब्ध खड़ा रह

गया जैसे धरती से टाँक दिया गया हो।

सिगरेट के अधजले टुकड़े की तरह यह वाक्य उस पर गिरा था—'सब भगवान के दिए अण्डे हैं।'

मुर्गे ने प्रश्नसूचक दृष्टि से शून्य की ओर देखा और सोचा—'कौन है यह भगवान !'

यह चिरन्तन अनुत्तरित प्रश्न तन-बदन में छुरी-सा घुप गया—कौन है भगवान ! कहाँ है भगवान !—'कहीं से खम्भा नहीं फटा, नरसिंह नहीं प्रकटे, आकाश से आवाज़ नहीं आई। सिर्फ हुआ यों कि किसी रेडियो का गला खरखराया, पिन चुभने की पीर-सा दर्द फूटा—मेरी आन भगवान अब रखनी पड़ेगी··· !'

जैसे कोई कुँवारी मुर्गी सिसक पड़ी हो। मुर्गे ने गर्दन घुमाकर खिड़की की ओर देखा और परेशान-सा हो गया। कौन है यह भगवान ! नन्हे मानस में प्रश्न उलझ गया। भगवान का सम्बन्ध उसकी मुर्गियों के अण्डों से है। लगा कि मियाँ अब्बास ने उसके मुर्गत्व को अपमानित किया है। यों तो हर अण्डे का मालिक भगवान है, पर धन्यवाद का पात्र कम से कम मुर्गा तो है ही। अब्बास यदि सब बोलते हैं, तो ज़रूर कोई भेद है जिसकी तहें दुनिया जानती है, मुर्गियाँ जानती हैं, पर वह नहीं जानता। मुर्गा सोचने लगा, उसके साथ धोखा किया जा रहा है। सिर में दर्द छा गया। यदि दड़बे में पूछताछ करेगा तो हमेशमुजब मुर्गियाँ उसे शक्की करार देंगी। पता नहीं लगाएगा तो उसकी साहसी आत्मा उसे कचोटेगी। वह यही सोचता आगे बढ़ा। उसका हर पैर दबा-दबा पड़ रहा था, जैसे रूपवान बेवा की तरफ गुण्डा बढ़े।

वह भगवान जिसे सेस, महेस, गनेस, दिनेस, सुरेस आदि साहबान निरन्तर ध्याते हैं, अनादि, अनन्त, अखण्ड, अछेद, अभेद, सुवेद जैसे ग्रन्थ बताते हैं और नारद के शुक तोते पचपच कर पार नहीं पाते हैं, उसे यानी ताहि को, ये मुर्गा खोजने चला। बोधिवृक्ष-सी कलगी, दोनों में निमग्न आँखें और एकला चालो रे वाले पैर ! गुलमुहर के फूल-सा सुर्ख और कोमल शरीर, भोली सहज पर्सनलिटी—एम. ए. पास हो तो कालेजवालियाँ सपनों में देखें, डिप्टी कलेक्टर हो तो ससुरों की पांत आ जुड़े, पर केवल मुर्गा है तो ना कुछ है, आवारा है—'ए गमे दिल क्या करूँ, वहशते दिल क्या करूँ ?'

धूप कमर के बेल्ट से कालर तक पहुँची और अब्बास मियाँ उर्दू की ट्यूशनें

करने चल दिए । जूतों की सदा सुहागन चर्रचूँ और बहू-बेटियों को सचेत रखनेवाली खंखारों के स्वर मोहल्ले से 'फेड-आफ' हो गए। टहलता-चुगता मुर्गा पीछे से घूम गलियारे में आया तब अजीज़ हवलदार अब्बास की लड़की रब्बो के साथ छेड़छाड़ कर रहा था।

"हमारी चीज़ लाए !"

"नहीं लाए, कल ज़रूर लाएँगे !"

"जाओ, हम नहीं बोलें तुमसे !"

हवलदार साहब ने तुरन्त रब्बो के गालों को अँगुलियों-अँगूठे के बीच दाब बिचारी की शक्ल को हुक्का बना दिया और मुँह से आती पान की पीक निगलकर बोला—हमसे नहीं बोलोगी तो बोलोगी किससे, ज़रा यह तो बताओ।

मुर्गा तिलमिला उठा ! जैसे रब्बो नहीं उसकी कोई मुर्गी हो और अजीज़ हवलदार वह भगवान हो जिसका मुर्गी से सम्बन्ध है। यही रब्बो दूध पीनेवाली बच्चे जनेगी, यदि हवलदार ने इसका नर बनना कुबूल किया। फिर हवलदार का फर्ज़ है, यदि किसी दूसरे को बच्चे का बाप घोषित किया जावे तो वह साले को हथकड़ी डाल दे, फाँसी चढ़ा दे ! और अगर मादा खुद छिनाला करे, इसकी-उसकी कोठरियाँ झाँकती फिरे, तो दारी की गरदन कतर दे। शौहर का बनना जी कोई मज़ाक नहीं है।

मुर्गा चौकस हुआ। आँखों में क्रोध, पंखों में तूफान और तनी हुई कलगी। पर शत्रु कौन है, पता नहीं। उसे मुर्गियों पर नज़र रखनी पड़ेगी, वे कहाँ भटकती हैं, किसके पास जाती हैं। उसकी ढील और लापरवाहियाँ जान पर आ गई हैं कि अण्डों के विषय में अधिकार से जानकारी देनेवाली बुढ़िया भी महल्ले में चिल्लाकर कहती है—सब अण्डे भगवान के हैं। अजीज़ हवलदार पर क्रुद्ध दृष्टि डाल वह गलियारे से घूमकर बुआ के घर की तरफ चल दिया। उनके ओटले के निकट चार दाने चुगने चाहे पर मन नहीं माना। वह सीधा दड़बे की तरफ चला।

दड़बे का दरवाज़ा खुला पड़ा था और करीब सारा कुनबा बाहर धूप में आ गया था। मोटी कल्लो धूल में गड्ढा बनाकर बैठने की सुविधा कर रही थी, छोटी ज़मीन पर पंजे मार धूल उड़ा रही थी और बाकी सब कुछ धीरे-धीरे बोल रही थीं। पीछे रस्सी पर कोई गीले कपड़े डाल गया था। सो धरती टपकती बूँदें चूस रही थी। मुर्गे को आता देख एकाएक सबकी चुहलबाज़ियाँ बन्द हो गई, चुप हो गई। और दिन होता तो इस रोब को देख वह प्रसन्न हो जाता, पर आज उसके अन्तर में सन्देह घुमड़ रहा था। सब मुर्गियों को चुप होती देख उसे सन्देह हुआ कि कोई

महत्त्वपूर्ण बात उससे छुपाई जा रही है। पत्नियों के चेहरे पर पातिव्रत्य की जो टिकाऊ व चमकदार पालिश पाई जाती है, वह आज उसे हल्की जान पड़ी। मादा सन्तुष्ट है, यह प्रसन्नता की बात नहीं जब तक यह विश्वास न हो कि यह सन्तोष हमारी वजह से है। मुर्गे का विश्वास आज बिखर गया था। तबियत कहती थी कि चोंचें गड़ाकर इन सोसायटी मुर्गियों से पूछे कि कहाँ है तेरा भगवान, क्यों आता है तेरे पास, छिनाल कहीं की ! क्या सम्बन्ध है भगवान से तेरा !

एक हमउम्र मुर्गी पास आई, ''नेक मुर्गे, क्या सोच रहे हो ?''

''सोच रहा हूँ तूफान आनेवाला है, जिसमें यह धरती काँप जाएगी, आकाश टूट जाएगा और धूल की परत दुनिया को ढक लेगी।''

''नहीं मुर्गे, मुझे तो ऐसे आसार नहीं लगते। कोई साधारण-सी आँधी लगती है।''

''साधारण-सी आँधी नहीं है ! इसने मुझे झकझोर डाला है। झूठ के तख्ते टूट जाएँगे, सच्चाई दड़बे से बाहर जा जाएगी। मैं चूज़ा नहीं हूँ। जान लो मुर्गियो कि मैं चूज़ा नहीं हूँ।''

मुर्गा बहुत बड़ी बात कह गया था पर जब तक समझ नहीं आए, कोई बात बड़ी नहीं होती। वह सोचता था कि वह इन दुराचारिणी मुर्गियों को पर्याप्त इशारा कर रहा है। पर अण्डेवती सुहागिनों को क्यों और क्या समझ आता। वे तेज़ी से जाते मुर्गे को हैरान देखती रहीं। कुछ क्षण सकते में बँध गए। दड़बे का वातावरण क्षुब्ध हो गया। कुछ देर बाद वे समवेत में कुड़कुड़ाने लगीं।

''आखिर मुर्गे को हो क्या गया यकायक ?''

''पता नहीं, कुछ देर पहले तो चंगा था। रात को आराम से रहा, सुबह भली-भली बाँग लगा रहा था।''

''और नहीं तो क्या ! आए और लगे चिल्लाने। अब देखो मैं ठीक कहूँ, बाहर का गुस्सा घर में निकालना बुरी बात है।''

''जाने क्या बोल गए, कुछ समझ नहीं आता।''

''हमसे कोई कसूर हुआ है तो साफ बोले ना। किसने तुमको चूज़ा समझा ! चूज़े तुम्हारे दुश्मन !''

''हम लोग तो मारी फिकर मरी जाएँ कि मुर्गे हुज़ूर को कोई तकलीफ न हो और ऊपर से ऐसे बोल सुनो। एक दिन ज़हर दे दो सो मुसीबत टले जी, हमारा तो जीना हराम हो गया।''

“आज यह बोल गए, कल कुछ और बोल जाएँगे।”

“मादाओं की अच्छी मुसीबत। चुपचाप बैठी भी बुरी लगें।”

देखता, चुगता, बाँग देता मुर्गा भगवान से दो-दो चोंचें करने की सोचता रहता कि ऐसे ही चार-छै दिन बीत गए। कई रात वह उठा और इधर-उधर देखभाल कर आया। चुपके-चुपके प्रायः मुर्गियों को देखा भी किया पर निरर्थक सिद्ध हुआ। बल्कि लेने के देने पड़ जाते। दूर कहीं कचरे के ढेर या खण्डहरों की ओर जाती मुर्गी को देख वह सन्देह करने लगता और भगवान और मुर्गी को रंगे हाथ पकड़ने के चक्कर में पीछे जाता। हाथ लगता मुर्गी का मर्यादित पातिव्रत्य। एकान्त में आए मुर्गे को वह रोमान्टिक उलझनों में डाल देती। लाज में फूली-फूली और प्यार में खिली-खिली हो जाती। मुर्गा, जो शंकाग्रस्त स्थिति का परिचय नहीं देना चाहता था, मादा के पंखवान मोह में पैर से कलगी तक बँध जाता। भगवान खोजने जाता और प्यार गले गलता। भगवान की कायरता के विषय में जो धारणा उसने बना रखी थी, वह और मज़बूत होती गई। वह प्रायः काँक-काँक कर सारी मादाओं को समीप बुलाकर हाज़िरी लेता। सन्देह के कोई सुराख हाथ नहीं लगते।

एक सुबह मुर्गा रामदास की गुवाड़ी की ओर चुगता निकल गया। काफी देर तक इत्मीनान से चुगता, किल्लोल करता रहा। सामने दालान में मास्टर साहब पढ़ा रहे थे। अहसान के बोझ से दबे पाँच बच्चे घुटनों में गर्दन दबाए किताब का रहस्य समझने में लगे थे। मास्टर साहब ऊँची आवाज़ में बोले—“वे मानते थे कि हिन्दू और मुसलमान एक हैं। वे मानते थे कि हिन्दू और मुसलमान एक हैं। वे क्या मानते थे किशोर?”

“हिन्दू और मुसलमान एक हैं।”—किशोर बोला।

ट्यूटर आगे बढ़ा।

“उन्होंने सबसे कहा कि भगवान मन्दिर और मस्जिद दोनों जगह रहता है। भगवान मन्दिर और मस्जिद दोनों जगह रहता है। कहाँ रहता है भगवान नत्थू?”

“मन्दिर और मस्जिद में।”—नत्थू ने जवाब दिया।

मुर्गे ने सुना। क्रोध में उसने दुहराया, “भगवान मन्दिर और मस्जिद में रहता है। देख लूँगा! खून पी जाऊँगा! अब कहाँ जाएगा कम्बख्त बचकर?” उसकी प्रतिहिंसा जाग उठी। वह क्रोध में पंजे पटकने लगा। उसकी गर्दन फूल गई, पंख फूल गए, जैसे मखमली तम्बू में तूफान समा गया हो। उसने दुश्मन के गढ़ का पता लगा लिया। वह लड़ेगा, वह भगवान से लड़ेगा। वह तेज़ी से मन्दिर की ओर

चल पड़ा।

अन्दर, गहरे अन्दर कहीं युद्ध का बाजा बजने लगा। वही बाजा हो हरमोनिया वाले पण्डित जी रामलीला में तब बजाते हैं, जब लक्ष्मण की मेघनाद से रूबरू होती है। मुर्गे की नसों में तेज़ी से खून दौड़ने लगा। क्रान्तिकी की मशाल की तरह कलगी तान वह मन्दिर में घुस गया। जिस तरह भगवान के रूप की कल्पना करते हुए मनुष्यों ने सिर के बाल, नाक, आँख, सीना और पेट सब अपने ही जैसे भगवान के भी माने हैं, उसी प्रकार मुर्गे को भी भ्रम था कि उसकी मुर्गियों से सम्बन्धित भगवान भी कोई पंख, कलगी और पूँछवाला ही होगा। अन्दर घुसकर मुर्गे ने पैर थपथपाए, चोंच को शस्त्र की तरह ताना और मन्दिर में चढ़ गया।

‘‘कहाँ है भगवान ! निकल ! आ ! बाहर आ तेरी।’’—मुर्ग चीखकर बोला, ‘‘जान ले लूँगा। कलेजा चीरकर खून पी जाऊँगा। कौन है भगवान ! अबे ओ, डरपोक ! कहाँ गया ? आज तू रहेगा या मैं। सारी मादाएँ तेरी होंगी या मेरी। अण्डे तेरे कहलाएँगे या मेरे। आ जा !’’

कोई बाहर नहीं आया।

मुर्गा अन्दर बढ़ा, ‘‘दड़बे में क्यों घुसता है बे। बाहर मैदान में आ, बदमाश ! तू भी आ और अपने अच्छे-अच्छों को बुला ले। सबको देख लूँगा। किस हिम्मत से अण्डों का मालिक बनता है, मुर्गियों का नर बनता है। खून पी जाऊँगा।

कौन आता।

उसने फड़फड़ाते पंखों में एक वीर योद्धा की तरह चारों ओर चक्कर लगाए। हर कोने में लपका कि कहीं भगवान मिले। उसकी काँक-काँक-कुक-डू कूँ से मन्दिर का प्रांगण गूँज उठा। स्वर्ग से देवताओं का समूह काजू चबाता, बदन खुजलाता दर्शक गैलरी में आकर युद्ध देखने बैठ गया।

‘‘बदमाश ! गुण्डे ! अबे कहाँ छुपा है ? कायर, बाहर निकल।’’

पंजे मारकर उसने सभी फूल-पात बिखेर दिए। चारों ओर चक्कर लगाया। पंखों को खूब फड़फड़ाकर गर्दन तान ली और पैनी नज़र से सब ओर देखकर बोला, ‘‘कहाँ भगवान है ? कहीं नहीं है। न कभी दड़बों के पास आया, न भटकता हुआ दिखा, न इस मन्दिर में मिला। गैरतवाला होता तो इतनी गालियों पर बाहर न आता ? सब बेवकूफी है। अण्डे सब मेरे हैं, मेरी मादाओं के हैं। किसी साले के नहीं हैं। बुढ़िया झूठ बोलती है, अब्बास झूठ बोलता है। कमीना ! अण्डे मेरे हैं। भगवान-वगवान कुछ नहीं होता।’’

''काँक-काँक-काँक !''—वह मन्दिर से बाहर आया।

''काँक-काँक-काँक !''—जैसे वह जीत गया।

सारे दिन मुर्गे ने मन्दिर पर नज़र रखी कि भगवान दिख जाए तो उससे भिड़ जाए, पर कोई प्राणी उसे नज़र नहीं आया, जिसकी शक्ल मुर्गे की हो और जिसे भगवान कहा जा सके। शाम तक उसका यह विश्वास मज़बूत हो चुका था कि अण्डे उसके हैं, और सिर्फ उसके।

वर्जीनिया वुल्फ से सब डरते हैं

***

कुछ दिन हुए हमारे शहर में वह मशहूर पिक्चर लगी, जिसका नाम है 'हू इज़ अफ्रेड ऑफ वर्जीनिया वुल्फ'। सभी शहरों में पिछले बरसों में चल चुकने के बाद यह हमारे शहर में आई थी और उसका सिर्फ एक शो हुआ था। काफी था। अच्छे चित्र जिस प्रकार बेआबरू होकर यहाँ से निकलते हैं उसे देखते हुए इस फिल्म का सिर्फ एक शो लगाना ही उचित था। भीड़ थी। मैनेजर को भीड़ देख शायद लगा हो कि दो शो भी चल जाते पर दूसरा शो खाली रहता। हमारे शहर के सारे स्नॉब्स, बुद्धिवादी और एलिज़ाबेथ टेलर के प्रेमी यदि एकत्र किए जाएँ तो एक हॉल से अधिक नहीं होते।

हुआ यों कि एक पहले दोपहर एकाएक सचिवालय में यह अफवाह फैल गई कि कतिपय प्रमुख सचिवों के परिवार 'वर्जीनिया वुल्फ' देखने जा रहे हैं। किस्सा यों शुरू हुआ कि एक छोटा अधिकारी जब सचिव के कमरे में गया और बोला, "सर, अगर आपको टाइम हो तो कल बँगले पर आ जाऊँ सारी फाइलें लेकर, हालाँकि सण्डे है, फिर आप जैसा मुनासिब समझें।" इस पर बड़ा अफसर कमर पर हाथ रखे कुछ देर सोचता रहा। फिर बोला, "कल तो भई हम पिक्चर देखने जा रहे हैं। वो कौन-सी लगी है, 'हू इज़ अफ्रेड ऑफ वर्जीनिया वुल्फ'।"

यह एक ऐसा क्षण था जब मुस्कराया जा सकता था। छोटा अफसर हल्के से मुस्कराया। पर ठीक उसी क्षण बड़े अफसर के चेहरे पर गम्भीरता आ गई। वह सोचने लगा कि उसे क्या पोज़ लेना चाहिए। प्रशासन के जिस ऊँचे दायित्व को

वह कंधे पर रखे था उसे ध्यान में रख दो रास्ते अपनाए जा सकते हैं। बताए कि आखिर वह भी सामान्य मनुष्य है, उसे भी यदा-कदा मनोरंजन लगता है। दूसरा यह कि वह तो इस सिनेमा वगैरा देखने के छुकरपन से ऊपर उठ चुका है पर क्या करें मजबूरी है, जाना पड़ रहा है। वह बोला, ''बेबी बहुत पीछे पड़ रही है, डैडी चलो, अच्छी पिक्चर है।'' फिर उसने कंधे उचकाए, ''ठीक है भाई, चलेंगे।'' कुछ रुककर उसने छोटे अफसर से आँख मिलाकर कहा, ''वाकई, अच्छी पिक्चर है !''

छोटा अफसर, जिसके चेहरे पर वह मुस्कराहट अभी भी अटकी हुई थी, एकाएक घबरा गया। फिर सिर झुकाकर बोला, ''सुना तो मैंने भी है सर ! कोई बता रहा था कि अच्छी पिक्चर है !''

''हूँ, देअर इज़ दैट फेमस, क्या नाम है उसका, एलिज़ाबेथ टेलर और दूसरा एक्टर भी मशहूर है, आह···क्या···मैं नाम भूल रहा हूँ ?'' बड़े अफसर ने प्रश्नवाचक आँखों से छोटे अफसर को देखा।

छोटे अफसर ने सिर झुकाकर बालों पर हाथ फेरा जैसे वह याद कर रहा हो। फिर कुछ शर्मिन्दा हो बोला, ''मैं मालूम करके बताऊँगा, सर !''

बड़े अफसर ने बिना कुछ कहे पास की रेक से एक स्थानीय अंग्रेज़ी अखबार उठाया और उसके आखिरी पृष्ठ पर नज़र डाल विज्ञापन खोज लिया और बोला, ''रिचर्ड बरटन, रिचर्ड बरटन, यस !''

''यस सर रिचार्ड बरटन !'' छोटे अफसर ने उसी शर्मिन्दगी से कहा जैसे एक्टर का नाम न जानना मूलतः उसका कसूर हो।

बड़े अफसर के कमरे में आकर छोटे अफसर ने सबसे पहले गुप्ता को फोन लगाया, ''क्या कर रहे हो ?''

''मक्खियाँ मार रहे हैं।''

''कल वो पिक्चर देखने चल रहे हो—हू इज़ अफ्रेड ऑफ वर्जीनिया वुल्फ ?''

''हू इज़ अफ्रेड ऑफ क्या ?''

''वर्जीनिया वुल्फ !''

''क्या नाम रखते हैं साले ! अपन नहीं चल रहे, भैया। कल मिसेज़ का करवाचौथ का व्रत है तो घर पर ही ड्यूटी देनी पड़ेगी।''

''अरे चल यार, सब जा रहे हैं।''

''कौन जा रहा है ?''

''अपना साहब जा रहा है विथ फेमिली !''

"अच्छा !" अब गुप्ता नरम पड़ा, "क्या वाकई अच्छी फिल्म है ?"

जवाब में गुप्ता को एलिज़ाबेथ टेलर और रिचार्ड बरटन के नाम सुनने को मिले । वह तैयार हो गया । वह सचिवालय की किसी रेस में पीछे नहीं रहना चाहता था । उसने त्रिवेदी को बताया । त्रिवेदी ने शर्मा को । शर्मा के कमरे में दासगुप्ता बैठा था जिससे जौहरी और आगाशे को पता चला । धीरे-धीरे सचिवालय के सारे कोनों से एक ही बात सुनाई देने लगी, "हू इज़ अफ्रेड ऑफ वर्जीनिया वुल्फ, हू इज़ अफ्रेड ऑफ वर्जीनिया वुल्फ । बड़ा साहब जा रहा है विथ फेमिली । विथ फेमिली । साहब जा रहा है । हू इज़ अफ्रेड ऑफ वर्जीनिया वुल्फ । एलिज़ाबेथ टेलर । एलिज़ाबेथ टेलर । सब जा रहे हैं । हू इज़ अफ्रेड ऑफ वर्जीनिया वुल्फ । विथ फेमिली ।"

सचिवालय से यह खबर छनकर हेड ऑफ दि डिपार्टमेन्ट्स के दफ्तरों में पहुँच गई कि सचिवालय में सब लोग कल दिखाए जानेवाले किसी अंग्रेज़ी सिनेमा की बात कर रहे हैं । डिप्टी और असिस्टेण्ट डायरेक्टरों तक खबर पहुँची । राजधानी में सरकारी दौरे पर आए ज़िले के अफसरों ने भी तय किया कि सभी बड़े लोग जिस काम में शुमार हैं हमें भी हो जाना चाहिए । शाम को बँगलों के ड्राइंगरूमों में इसपर चर्चा होती रही । सुना, अच्छी पिक्चर है । रात के दस बजे तक शहर के पुलिस अफसरों को पता चल गया कि कल आला अफसरान वह अंग्रेज़ी फिल्म देखने जा रहे हैं जो फलाँ टाकीज़ में लगी है । उन्होंने गालियाँ बकीं, "साली रविवार की सुबह भी वर्दी कसनी पड़ेगी ।" तय हुआ कि इन्तज़ाम लगेगा । चार कान्स्टेबलों, एक सब-इंस्पेक्टर और दो अनुभवी ट्रेफिक मैनों को सुबह नौ बजे सिनेमा पर हाज़िर रहने के ऑर्डर मिले । उन्होंने एड़ी ठोंककर जवाब दिए, "जी हजूर !"

अफसर लोग आए । एक के बाद एक कारें धीरे-धीरे रेंगती हुई सिनेमा के अहाते में घुसने लगीं । कुछ स्कूटरों पर थे और कुछ पराई कारों में घुस लिए थे । होम सेक्रेटरी की गाड़ी आती देख पुलिस का सब-इंस्पेक्टर, जो सिनेमा मैनेजर के कमरे में घुस फोकट का कोकाकोला पी रहा था, अधूरी बोतल छोड़ बाहर आ गया । अंग्रेज़ी के कुछ लेक्चरर बस से उतरे और दो रुपए वाला टिकिट खरीद अन्दर जाने लगे तभी उन्होंने कालेजिएट ब्रांच के एक उपसचिव की कार अन्दर आती देखी और वे ठिठक गए । तबादलों के मामले में डरे हुए ये लोग उसे मक्खन लगाते क्योंकि यह रविवार की मुक्त सुबह थी और ऐसा वक्त इन कामों के लिए उपयुक्त होता है; पर वह उपसचिव अपनी पत्नी को साथ ले कमिश्नर की तरफ चला गया जो अकेले खड़ा चुरुट पी रहा था । वे लेक्चरर उन छात्रों से बातें करने लगे जो इलिज़ाबेथ टेलर को देखने आए थे ।

धीरे-धीरे जमघट बढ़ा। हाथ मिलने लगे। सजी-सँवरी अफसरों की पत्नियाँ साड़ी का पल्लू समेट परस्पर नमस्ते करने लगीं। बॉलकनी के टिकिट बेचने वाली खिड़की के सामने क्यू बढ़ता गया। राजधानी में सरकारी काम से आए ज़िले के वे दोनों अफसर जो चौड़े पाचये के पतलून और बन्द गले के कोट पहने थे अपनी बढ़ी हुई तोंदों के बावजूद झुके-झुके जा रहे थे। उनके लिए यह दिव्य अवसर था, जब सारे बड़े अफसर एक जगह अच्छे मूड में उपस्थित थे और उन्हें सबको सलाम करने का मौका मिल रहा था। कुछ अफसर सचमुच अच्छे मूड में थे। पर सभी नहीं। सामान्य रूप से वातावरण गंभीर था। कमिश्नर ने किसी सेक्रेटरी की बात पर ठहाका लगाया तो सब चौंक पड़े थे। कोई हँस नहीं रहा था। पीस कोर वाली दो अमरीकी छोकरियाँ जब बहुत घुल-मिलकर संचालक कृषि विभाग से बातें करने लगीं तो युवा अफसरों का ध्यान उस ओर गया। जब बड़े अफसर की कार आई और वह अपनी पत्नी, लड़के व दो लड़कियों के साथ उतरा तब सब बातें बन्द कर उस ओर देखने लगे। उसने घूम-घूमकर सबको देखा, हाथ मिलाए कुछ से, कुछ की ओर देख सिर्फ मुस्कराया और बोला, ''जब सभी लोग यह पिक्चर देखने आए हैं तो यह ज़रूर अच्छा पिक्चर होगा।'' सबके चेहरों पर मुस्कराहट तैर गई।

बड़ा अफसर अँधेरे ठण्डे कमरों में जीवन-भर बैठा रहा है। उसके लिए वह दस बजे की धूप सहन करना कठिन था। उसने घड़ी देखी और कमिश्नर से कहा, ''अभी वक्त है, क्यों नहीं हम लोग हॉल में चलकर बैठें !''

इस पर सब लोग हॉल में जाने लगे। लोगों ने जल्दी से अपनी सिगरेटें बुझाईं और अन्दर चले। बड़े अफसर के अन्दर जाने के बाद अब बाहर रहने का कोई धर्म नहीं रह गया था। क्यू ज्यों का त्यों बना हुआ था क्योंकि लोग देर से भी आ रहे थे। पर अब सबको जल्दी थी। वे हॉल में अच्छी सीट चाहते थे जो असम्भव थी, क्योंकि टिकिट पर नम्बर थे। बैठने के बाद वे इधर-उधर देख पता लगा रहे थे कि कौन-कौन आया है। जिनकी लाइन के पीछे या आगे सुन्दर लड़कियाँ बैठी थीं वे परस्पर ज़ोर-ज़ोर से बातें कर रहे थे और बिला वजह छोटी-छोटी बातों पर हँस रहे थे। उनका ख्याल था कि उनकी बातों से लड़कियाँ प्रभावित हो रही हैं। शायद वे हो भी रही हों क्योंकि वे अपने चेहरे और कपड़ों पर बहुत ज़्यादा ध्यान देनेवाली मूर्ख लड़कियाँ थीं जो रिचर्ड बरटन को देखने और एलिज़ाबेथ टेलर से नई अदाएँ सीखने आई थीं।

पिक्चर शुरू हुई। मार्था और जार्ज धीरे-धीरे पार्टी से लौट रहे हैं। वे घर में घुसते हैं। तब पहली बार एलिज़ाबेथ टेलर का चेहरा स्क्रीन पर आता है।

"यह है वर्जीनिया वुल्फ !" अंडर सेक्रेटरी मिस्टर पन्त ने धीरे से पास बैठी अपनी मोटी-सी पत्नी से कहा।

"हमें तो 'वरजिन' नहीं लगे।" पत्नी ने कहा।

"अरे नाम है वर्जीनिया वुल्फ इसका। 'वरजिन' से क्या सम्बन्ध।" मिस्टर पन्त ने कहा।

"तो अपने को मिसेज़ वुल्फ कहे ना सुसरी। वर्जीनिया काहे को लगाती है जब है नहीं।"

"अच्छा चुप रहो।" मिस्टर पन्त नज़रें गड़ाकर सामने स्क्रीन पर वर्जीनिया वुल्फ को देखने लगे।

इधर डिप्टी डायरेक्टर रामकरण जैन की पत्नी ने अपने पति से झुककर कहा, "हमें तो यह खेल सायको जैसा लगे।"

"नहीं सायको जैसा नहीं। मज़ाकिया खेल है।"

"हाँ भाई, खून-खच्चर हो तो हमें बता देना। हम बाहर जाकर बैठ जाएँगी।" वह बोली और फिर पास बैठी गुप्ता जी की पत्नी को बताने लगी कि सायको देखने के बाद उन्हें कैसे नींद नहीं आई थी पूरी रात।

मोयटे साहब स्वभाव से मसखरे हैं। वे, आनन्दस्वामी और बंसीधर अलग ग्रुप बनाए कोने में बैठे थे। मोयटे ने बंसीधर के कान में कहा, "कुछ भी कहो, अब यह एलिज़ाबेथ टेलर बुढ़िया लगने लगी।"

"हूँ, वह बात नहीं प्यारे जो पहले थी !" बंसीधर ने एक रसिक की पीड़ा से उत्तर दिया।

"पहले क्या जलवा था इसका !"

"आय हाय !"

इसी समय मार्था को दिए जार्ज के किसी उत्तर पर डिप्टी सेक्रेटरी मेहता ज़ोर से हँस दिए। मेहता दो बार यूरोप को दौरा कर चुके हैं। एक बार अमरीका भी हो जाए हैं। उन्हें अंग्रेज़ी समझ में आती है। ज़ाहिर था कि वे हँसे हैं तो ज़रूर कोई मज़ाक की बात होगी। उन्हें हँसता देख कुछ और लोग भी हँसने लगे। कुछ लोगों को अफसोस हुआ कि उनसे कोई मज़ेदार डायलॉग मिस हो गया। वे कान खड़े कर डायलॉग पकड़ने की चेष्टा करने लगे। पर शीघ्र ही उन्हें थकान अनुभव होने लगी।

कतार में बैठी उन मूर्ख लड़कियों में से एक ने पासवाली से कहा, "बरटन कितना हैण्डसम लगता है ना !"

“तुझे लगता होगा, मुझे नहीं लगता।”

“कैसी है, सुना !” उसने दूसरी लड़की से कहा, “कहती है, मुझे बरटन हैण्डसम नहीं लगता।”

“हाय रे !” उसने ताज्जुब से देखकर कहा, “क्यों री, तुझे बरटन हैण्डसम नहीं लगता ?”

“यह कह रही है कि मुझे बरटन हैण्डसम लगता है तो मैंने कहा तुझे लगता होगा, मुझे नहीं लगता।”

“मैंने ऐसा थोड़े कहा। मैंने कहा बरटन हैण्डसम लगता है।”

“वह मतलब, वही मतलब।”

“वही मतलब कैसे। मैंने ऐसा थोड़े कहा कि सिर्फ मुझे ही हैण्डसम लगता है। सबको लगता है।”

“इसको तो शशधर सबसे हैण्डसम लगता है।”

“चुप।” उसने चिकोटी काटी।

“उई।”

कॉलेजिएट ब्रांच के मिस्टर पई ने गर्दन घुमाकर पीछे की सीट पर बैठी इन लड़कियों को देखा, जिनके शोर के कारण वे पिक्चर समझ नहीं पा रहे थे। बदले में मिस्टर पई की ओर उन लड़कियों ने घूरकर देखा और मुँह बिचका दिया। मिस्टर पई सामने देखने लगे। लड़कियाँ चुप हो गईं। अब लड़कियाँ चुप थीं मगर मिस्टर पई अभी भी कुछ समझ नहीं पा रहे थे। वे सचिवालय के उन चन्द लोगों में से थे जिनका इंग्लिश ड्राफ्टिंग श्रेष्ठ माना जाता था और चीफ भी जिसमें कभी हेर-फेर नहीं करता था।

अजीब स्थिति थी। चित्र अँग्रेजी में था पर वे सब कथा का सूत्र पकड़ नहीं पा रहे थे। वे सब अपने ढंग से आधुनिक थे। देशी भाषा के लिए नफरत रख अंग्रेज़ी की मदद से उन लोगों ने अपना व्यक्तित्व बनाया था फिर भी चित्र समझ नहीं आ रहा था। पर वे उठकर बाहर नहीं जा सकते थे। वे सब एक-दूसरे को देखते हुए बैठे थे। दर्शकों का एक बहुत छोटा प्रतिशत कहानी को समझ रहा था। बाकी सब यह अपेक्षा कर रहे थे कि बरटन बार-बार टेलर को चूमेगा। वह चूम नहीं रहा था। वह उसे तलाक भी नहीं दे रहा था, गोली भी नहीं मार रहा था। ऐसा कुछ नहीं हो रहा था जिसकी वे सब उम्मीद करते थे। चित्र रविवार के रंगीन बुशशर्ट, नैरो पतलून की मखौल उड़ाता चल रहा था। वे सब चित्र देख रहे थे। उनका चीफ देख रहा था, वे देख रहे थे। इसी बीच एक कॉलेज का लड़का

अपनी सीट से उठा और जेब में हाथ डाले धीरे-धीरे बाहर निकल गया। उसे जाता देख सब हँसे। हँसकर उन लोगों ने यह सिद्ध किया कि वे चित्र को समझ रहे हैं और यह लड़का नहीं समझ रहा।

इण्टरवल में वे सब उठे और बाहर आए। वे कोकाकोला पीने लगे और एक-दूसरे से हाथ मिलाने लगे। वे सब अंग्रेज़ी में बातें कर रहे थे और बहुत बुद्धिमान लग रहे थे। उनके उच्चारण सुधर गए थे। वे कंधे उचकाकर, हाथ फैलाकर बहुत अच्छी फ्रेज़ेज़ बोल रहे थे। चित्र न समझ पाने के हीन भाव से मुक्ति के लिए वे खूब ठहाके लगा-लगाकर बातें कर रहे थे। उस समय उनपर गर्व किया जा सकता था। स्मार्ट, इंटेलिजेण्ट, शार्प, आधुनिक और सुन्दर पत्नियों के साथ वे लोग बहुत अच्छे लग रहे थे।

चित्र में जैसे-जैसे तनाव बढ़ा वे लोग एलिज़ाबेथ टेलर की एक्टिंग के कायल होते गए। शब्द नहीं मात्र अभिनय-कला प्रभाव छोड़ रही थी। वे देख रहे थे और चित्र के समाप्त होने की प्रतीक्षा कर रहे थे।

चित्र समाप्त हुआ। वे उठे। उनके चेहरों पर प्रसन्नता थी। एक अच्छा चित्र देखने का सन्तोष लिए वे उठे। किसीको देख ऐसा नहीं लगता था कि उसे कुछ समझ नहीं आया। वे सन्तुष्ट थे। वे जो अपेक्षा करते थे मानो वही उन्हें मिला हो। वे धीरे-धीरे एक-दूसरे की पत्नियों को सम्मान से मार्ग देते, मुस्कराते बाहर आए। आते ही उनमें स्फूर्ति आ गई। लंच का वक्त हो रहा था। इसमें देर करना आधुनिकता और अफसरी के खिलाफ है। वे अपनी कारों में घुस हॉर्न बजाते एक-दूसरे से रास्ता माँगने लगे। सिनेमा घर का अहाता जल्दी खाली हो गया। ज़िले से दौरे पर आए वे दोनों अफसर सबसे बाद में निकल पूरी-साग की दुकान की ओर बढ़े।

"यह बड़ा अच्छा रहा। सबसे मुलाकात हो गई। बड़े अफसरान के दर्शन हो गए। कुछ खबरें पता लग गईं।"

"कौन-सी खबरें ?" वे सचिवालय के तबादलों की ताज़ी खबरें सुनाते दुकान में घुस गए।

सोमवार को फाइल बगल में दाबे छोटा अफसर बड़े अफसर के कक्ष में घुसा और 'गुड मॉर्निंग' करने के बाद बोला, "कल की पिक्चर कैसी लगी, सर ?"

बड़ा अफसर एक मिनट गम्भीर रहा। सोचता रहा कि क्या कहे। फिर उसने कंधे उचकाए और बोला, "इट वाज़ ए नाइस मुवी, ऑफकोर्स।"

दोपहर को छोटे अफसर ने आगाशे को बताया कि बड़े साहब को पिक्चर पसन्द आई। वे कह रहे थे कि इट वाज़ ए नाइस मुवी।

दोपहर बाद एकाएक सभी लोग 'हू इज़ अफ्रेड ऑफ वर्जीनिया वुल्फ' की तारीफ करने लगे।

"क्यों भई, कल की पिक्चर कैसी लगी ?"

"इट वाज़ ए नाइस मुवी।" जवाब मिलता।

शाम तक उन लोगों को जो पिक्चर जा नहीं सके थे, अफसोस होने लगा कि उनसे एक ऐसा चित्र छूट गया जिसकी सब प्रशंसा कर रहे हैं।

रात को गुप्ता जी की पत्नी ने पति से कहा, "दस रुपए का नोट उड़ गया उस अंग्रेज़ी फिल्म के पीछे। उसकी बजाय 'पड़ोसन' देखते।"

"अब क्या बताएँ ! सब देखने जा रहे थे तो हम भी चले गए।" कुछ देर रुककर बड़बड़ाने लगे, "हू इज़ अफ्रेड ऑफ वर्जीनिया वुल्फ। वर्जीनिया वुल्फ से कौन डरता है ? सब डरते हैं साले, सब डरते हैं ! किसी के बाप में हिम्मत नहीं कि ज़रा बोल दें।" फिर वह ज़ोर-जोर से हँसने लगा।

पुलिया पर बैठा आदमी

*** ***

वह एक पुलिया पर बैठा हुआ था। इस पूरे क्षेत्र में यही एक जगह उसे बैठने लायक लगती है और वह अक्सर ही यहाँ आकर बैठ जाता था। शुरू-शुरू में वह पुलिया से गुज़रती कारों, साइकिलों या लड़कियों को गौर से देखता था पर अब वह ऐसा नहीं करता था। यहाँ बैठे-बैठे वह इस शहर की सब कारों, साइकिलों और लड़कियों को देख चुका था और अब उसके लिए देखने को कुछ नहीं रह गया था। फिर भी वह इस पुलिया पर बैठा रहता था। वह कोई नौकरी नहीं करता था। वह सारी उन नौकरियों को, जो नहीं मिलतीं, खोज चुका था। वह अब भी उन नौकरियों को खोज सकता था, जो नहीं मिलतीं, पर ऐसा न कर वह पुलिया पर बैठा रहता था।

एक सुबह एक नेता किस्म का व्यक्ति उसके पास आया और बोला, "क्या तुम मुझसे सवाल पूछ सकते हो ?"

"मुझे कोई सवाल नहीं पूछना।" उसने कहा।

"मैं तुम्हें सवाल बताऊँगा जो तुम मुझसे पूछोगे।"

"उससे क्या होगा ?"

"मैं जवाब दूँगा।"

"तुम खुद अपने से सवाल क्यों नहीं पूछते ?'"

"ऐसा नहीं होता। सवाल किसी और को करना पड़ता है। मैं जवाब दूँगा।"

"मगर मैं जवाब नहीं सुनना चाहता।"

"तुम चाहे मत सुनना। तुम सिर्फ सवाल करना।"

"मगर इस सबका मतलब क्या है ?"

"तुम्हें इससे मतलब !"

"मैं तुमसे सवाल करूँगा, जो मेरे पास नहीं है और जो मैं नहीं करना चाहता। फिर तुम मुझे जवाब दोगे जिसे मैं नहीं सुनना चाहता और जिसे सुनना ज़रूरी भी नहीं है। क्या तुम पागल हो ?"

"नहीं, मैं नेता हूँ।"

पुलिया पर बैठा शख़्स नेता की ओर ताज्जुब से देखने लगा।

"तुम मेरे साथ आओ। तुम्हें सिर्फ सवाल पूछना है। इसके बदले में मैं तुम्हें रुपए दूँगा।" नेता ने उससे कहा।

"यह हुई बात !" पुलिया पर बैठा आदमी मुस्कराया, "तुम मुझे सवाल भी दोगे और वे ही सवाल करने के बदले रुपया दोगे। ऐसी हालत में हो सकता है मैं जवाब सुनना पसन्द भी करूँ। लाओ, एक रुपया दो, मैं सिगरेट की डिब्बी खरीदूँगा।"

नेता ने उसे रुपया निकालकर दिया। वह पुलिया से उठा और एक डिबिया सिगरेट और माचिस खरीद कश खींचता नेता के पीछे चल पड़ा। कुछ कदम चलने के बाद उसने नेता को रोका और कहा, "देखिए, चूँकि रुपया आप दे रहे हैं सो चाहें तो आप सवाल कर सकते हैं, जवाब मैं दे दूँगा। मैंने सुना है कि नौकरी में यही होता है कि जो रुपया देता है उसे सवाल करने का हक होता है और जिसे रुपया मिलता है उसे जवाब देना होता है।'

"नहीं। ऐसा नहीं होगा। तुम अपना कर्तव्य मत भूलो। सवाल तुम्हें ही करना है।" और वह आगे-आगे चलने लगा।

कुछ देर बाद शहर में एक भीड़ के सामने वही नेता भाषण दे रहा था और पुलिया से उठकर आया आदमी उसी भीड़ में खड़ा था। भाषण लम्बा था और वह व्यक्ति खड़े-खड़े ऊबने लगा था। फिर भी वह बार-बार सिगरेट जलाता हुआ चुप खड़ा था। नेता ने अपना भाषण खत्म कर पूछा, "आप लोगों में से कोई व्यक्ति मुझसे कोई सवाल पूछना चाहता है ?"

सवाल करने के लिए खड़े शख़्स ने समझा कि नेता उसे भीड़ में देख नहीं पा रहा है। उसने हाथ उठाकर कहा, "मैं हूँ, मैं हूँ। मैं यहाँ खड़ा हूँ। सवाल मुझे पूछना है।"

नेता अपनी खास नेतावाली अदा से मुस्कराया, "हाँ-हाँ, पूछिए, पूछिए क्या

सवाल है ?''

सवाल करनेवाले शख़्स ने पूछा, ''पहला सवाल यह है श्रीमान कि आज़ादी के बाद हमारा देश प्रगति नहीं कर सका, हम ज्यों के त्यों बने रहे, इसका क्या कारण है ?''

नेता अपनी खास नेतावाली अदा से विचार करने लगा और फिर जैसे सोचकर बोला, ''इसका कारण है कि इस देश को काबिल नेता नहीं मिले। जैसे मुझे ही लीजिए। आज़ादी के वक्त मैं एक फर्म में सेक्रेटरी था और काफी वर्ष रहा। हमारी फर्म के मालिक समझते थे कि इन नेताओं से काम चल जाएगा और देश आगे बढ़ेगा मगर इधर कुछ सालों से हमें अनुभव हुआ कि हम गलत सोच रहे थे। सेठ साहब ने मुझको बोला कि तुम नेता बनो तो उनकी आज्ञा से मैं पॉलिटिक्स में आया। और भी ऐसे नए-नए नेता आ रहे हैं। कुछ ठेकेदारी छोड़कर आ रहे हैं, कुछ कारखाना छोड़कर। इससे देश का उत्थान होगा और देश आगे बढ़ेगा। पुराने नेताओं की वजह से प्रगति नहीं हो सकी थी। अब ज़रूर होगी।''

''आप ठीक कह रहे हैं, बिलकुल ठीक कह रहे हैं, वाह वाह !''—भीड़ में से दो-तीन व्यक्ति चिल्लाए। फिर भीड़ भी नेता के इस उत्तर की प्रशंसा करने लगी।

भीड़ में खड़ा सवाल करनेवाला एकाएक चौंका और बोला, ''हाँ, दूसरा सवाल यह है कि आपकी नज़र में आज देश की सबसे बड़ी ज़रूरत क्या है ?''

''छोटी कार, छोटी कार !'' नेता ने एकदम कहा, ''उस बारे में हमारे सेठ साहब अक्सर बोलते थे कि इस देश में छोटी कार का कारखाना होना चाहिए। सबसे बड़ी ज़रूरत है। टेलीविज़न का काम फैलना चाहिए, रेफ्रीजरेटर अभी घर-घर नहीं पहुँचा, बहुत कमी है इस देश में। पब्लिक प्रोग्रेस नहीं कर रही है।''

''सच है, सच है !'' भीड़ में से दो-तीन व्यक्ति चिल्लाए, ''आपके विचार बिलकुल ठीक हैं।''

पुलिया से उठकर आए व्यक्ति की जेब में सिर्फ एक सिगरेट बची थी और उसने वह निकाल जला ली। तभी नेता ज़ोर-ज़ोर से पूछने लगा, ''कोई और सवाल, कोई और सवाल ?''

उसने सिगरेट पीते हुए हिसाब लगाया कि वह अभी तक दो ही सवाल पूछ सका है जबकि उसने तीन सवाल दिए गए थे। वह भूल गया कि तीसरा सवाल क्या है ? नेता इधर बार-बार चिल्ला रहा था। एकाएक उसे याद आया और वह बोल उठा, ''सिर्फ एक सवाल, अब सिर्फ एक सवाल रहा है कि इस समय देश

में फैली बेकारी दूर करने के क्या तरीके हैं ?''

नेता ने फिर नेतावाला चिन्तक का पोज़ बनाया और बोला, ''कारखानेदार को लायसेन्स देना । सेठ लोग कारखाना खोलने को लायसेन्स माँगते हैं मगर सरकार खुले हाथ नहीं देती । हमारे सेठ साहब के साथ भी यह जुलुम हुआ है । उनने लायसेन्स माँगा, सरकार ने नहीं दिया । वो बोले, कारखाना नहीं खुलेगा तो लोगों को रोज़गार कैसे मिलेगा । सच बात बोले वो । मेरा भी यही कहना है कि जब तक कारखानादार को लायसेन्स नहीं मिलेगा, देश की बेकारी दूर नहीं होगी ।''

''क्या कहने, आपने समस्या को जड़ से पकड़ा है ।'' भीड़ में दो-तीन व्यक्ति चिल्लाए और बाद में सभी लोग बेकारी दूर करने के इस सुझाव पर विचार करने लगे ।

उस शख़्स के सारे सवाल खत्म हो गए थे और सिगरेटें भी खत्म हो गई थीं । नेता अभी भी पूछ रहा था, ''कोई और सवाल, कोई और सवाल ?'' वह शख़्स चुप खड़ा नई सिगरेट की ज़रूरत अनुभव कर रहा था और उसे समझ नहीं आया कि वह अब क्या करे । इधर नेता ने उससे सीधे पूछा, ''कहिए जनाब, आपको कोई और सवाल तो नहीं पूछना ?''

जेब में से खाली सिगरेट की डिबिया निकालकर उसने फेंक दी और कहा, ''हाँ, सिर्फ एक सवाल है ।''

''पूछिए, पूछिए, ज़रूर पूछिए ।'' नेता ने कहा ।

''मैं सारे सवाल पूछ चुका, अब मुझे रुपया कब मिलेगा ? मुझे सिगरेटें खरीदनी हैं ।''

नेता उसे नाराज़ आँखों से देखने लगा । भीड़ में लोग हँसने लगे । एकाएक नेता ने गम्भीर होकर कहा, ''यह व्यक्तिगत प्रश्न है, यह एकदम व्यक्तिगत प्रश्न है । यहाँ मैं सिर्फ उन्हीं प्रश्नों के उत्तर दूँगा जो समाज और राष्ट्र की समस्याओं से सम्बन्धित हैं ।''

भीड़ में से दो-तीन व्यक्ति बोले, ''आप ठीक कह रहे हैं, व्यक्तिगत प्रश्न यहाँ नहीं पूछे जाने चाहिए । यह बेहूदा बात है । नेता से सामाजिक और राष्ट्रीय महत्त्व के प्रश्न ही पूछे जाने चाहिए ।'' तब भीड़ के सभी लोग कहने लगे कि यह सचमुच व्यक्तिगत प्रश्न है और नहीं पूछा जाना चाहिए था ।

कुछ देर बाद वह फिर पुलिया पर आ बैठा । उसी तरह जैसे कुछ देर पहले बैठा था । वह कुछ देख नहीं रहा था, न कार, न साइकिलें, न लड़कियाँ । उसे सिगरेटें खत्म हो जाने का कुछ अफसोस था जो अब नहीं रहा । तभी दो-तीन व्यक्ति उसके

पास से गुज़रे और उसे देख रुक गए।

"भीड़ में सवाल तुम ही पूछ रहे थे ?" एक ने पूछा।

"हाँ।"

वे उसे देख हँसने लगे।

"तुमने गलती की। तुम्हें रुपए का सवाल वहाँ नहीं करना चाहिए था। रुपया सभा के बाद मिलता है। देखो, हम तीनों लोग जो सवालों पर दिए जवाबों की तरीफ करने के लिए, सपोर्ट करने के लिए भीड़ में खड़े थे, अब अपना रुपया लेने नेता के घर जा रहे हैं। तुमने गलती की।"

और वे तीनों व्यक्ति तेज़ी से पैर बढ़ाते एक ओर चले गए।

पुलिया पर बैठा आदमी उन्हें जाते हुए देखता रहा। उसे समझ नहीं आया कि उसकी गलती क्या थी ? आखिर उसकी सारी सिगरेटें खत्म हो चुकी थीं और नई सिगरेटें खरीदने के लिए उसे पैसों की ज़रूरत थी। उसे समझ नहीं आया कि आखिर उसकी गलती क्या थी ?

पुलिया पर बैठा काफी देर से वह यही सोच रहा है। सामने से कारें, साइकिलें और लड़कियाँ गुज़र रही हैं।

सारी बहस से गुज़र कर

* * *

मैं जीवित था और उसके सामने उपस्थित था। उसने मेरे अस्तित्व से इन्कार कर दिया। मैं हूँ और उसके सामने हूँ, वह यह कदापि मानने को तैयार नहीं था। उसे बिना विभाग के खज़ाने से रुपए नहीं मिल सकते थे।

"मैं आपके सामने साक्षात् खड़ा हूँ !" मैंने उसे संकेत किया।

"प्रमाण चाहिए !" उसने माँग की।

"मेरे खड़े होने का !"

"जी नहीं, आपके होने का। मैं क्या जानूँ कि जो खड़ा है, वह आप ही हैं। आप जीवित हैं, इस बात का प्रमाण !"

"क्या यह अफवाह है कि मैं ज़िन्दा हूँ ?"

"हो सकता है। मुझे प्रमाण चाहिए।"

"मैं अपनी पत्नी को ले आऊँ !"

"क्या कीजिएगा !"

"आप भारतीय संस्कृति पर भरोसा करते हैं ?"

"करता हूँ, बशर्ते उससे दफ्तर के काम में दखल न पड़े।"

"आप मेरी पत्नी के माथे पर बिन्दी और माँग में सिन्दूर पर गौर कीजिए। वह मेरे ज़िन्दा होने का प्रमाण है। मेरे होने का इससे बढ़कर और क्या सबूत होगा कि मेरी पत्नी अभी विधवा नहीं हुई है।"

"आश्चर्य है !"

"किस बात का आश्चर्य ?"

"आप भी पढ़े-लिखे होकर कैसी बातें करते हैं !"

"भारतीय संस्कृति जिसे बोलते हैं, उसके अनुसार सुहाग की बिन्दी पति नामक शख्स के जीवित होने का प्रमाण है।" मैंने एक न पूछे गए प्रश्न का उत्तर-सा दिया।

"आप पति हैं ?" उसने जिज्ञासा की।

"जी हाँ !" मैंने समाधान किया।

"क्या प्रमाण ?" उसने सन्देह व्यक्त किया।

"मैं कसम खा सकता हूँ। मेरी एक, और एकमात्र, पत्नी है। मैं एक शरीफ आदमी हूँ।"

"अच्छा।"

"जी हाँ।"

"अपने एरिया के सब-इन्सपेक्टर पुलिस से लिखा लाइए !"

"क्या ?"

"कि आप शरीफ हैं।"

"आप महल्ले में जाकर पूछ लीजिए।"

"बहुत बड़े दादा हैं क्या आप अपने महल्ले के ?"

"बिलकुल नहीं।"

"फिर महल्ले का रोब किसे दे रहे हैं ?"

"मैंने कोई रोब नहीं दिया।"

"मैं यहाँ सरकारी काम करूँगा या महल्ले में पूछने जाऊँगा, आपके ?"

"आप मुझे शरीफ आदमी नहीं मानते तो आपको महल्ले में जाकर पूछना चाहिए।"

"मुझे सबूत टेबिल पर होना, इस टेबिल पर !"

"किस बात का ?"

"कि आप शरीफ हैं और जिस औरत का आप ज़िक्र कर रहे हैं, वह आपकी बीवी है, उसका सुहाग-सिन्दूर जिसके लिए है, वह आप ही श्रीमान हैं, जो ज़िन्दा हैं।"

"हम विवाहित हैं।"

"क्या सबूत ?"

"हमने अग्नि को साक्षी रखकर···"

''अरे यार, हमने अग्नि को साक्षी रखकर बीसियों सिगरेटें जलाई हैं, होता क्या है उससे !'' वह हँसकर बोला।

''देखिए, सिगरेट-बीड़ी तो मैं पीता नहीं और बेकार बहस करना नहीं चाहता !''

''अच्छी बात है। यहाँ कौन कम्बख्त चाहता है !''

''देखिए, मैं मैं हूँ। जो रुपया दिया जाना है, मुझे दिया जाना है। आवेदन मैंने किया है। मंजूरी मेरे लिए हुई है। आप मुझे दीजिए।''

''आप प्रमाण ला दीजिए !''

''महज़ ढाई सौ रुपयों के लिए आप मुझे परेशान कर रहे हैं !''

''मेरा फर्ज़ है।''

''यह इन्सानियत नहीं है।''

''आप इन्सानियत की बात करते हैं ! भाई साहब, यह दफ्तर है, सरकारी दफ्तर। किराने की दुकान मत समझिए इसे।''

''मैं कहता हूँ, इससे तो वह अच्छी।''

''आप वहाँ शौक से तशरीफ ले जा सकते हैं।''

''रुपया दे दीजिए, मैं चला जाऊँगा।''

''आप प्रमाण ले आइए और रुपया ले जाइए।''

कुछ देर चुप्पी रही। फिर मैंने कहा, ''देखो पण्डित, तुम मुझे अच्छी तरह से जानते हो कि मैं कौन हूँ और मैं तुम्हें अच्छी तरह से जानता हूँ।''

''मैं आपको नहीं जानता।''

''मैंने आपको दसियों बार चाय पिलाई है। आप मेरे घर जा चुके हैं।''

''ज़रूर पिलाई होगी साहब, हमारी तो ज़िन्दगी ही दूसरों से चाय पीते बीती है। मगर मैं आपको नहीं पहचानता।''

''आप झूठ बोल रहे हैं।''

''मेरा यह फर्ज़ है, मैं सरकारी नौकर हूँ।''

''सरकारी नौकर होने के अतिरिक्त भी आपके कुछ फर्ज़ हैं।''

''क्या मतलब ?''

''एक शख्स को जो आपका मित्र है, उसके रुपए निकलवाने में मदद करना आपका फर्ज़ है। मुझे रुपयों की सख्त ज़रूरत है, आप जानते हैं।''

''देखिए जनाब, इस कुर्सी पर बैठने के बाद हम अपने बाप को भी नहीं पहचानते। हम सिद्धान्त के पक्के हैं।''

''मैं जानता हूँ।'' मैंने पराजित होकर कहा। मैं समझ गया था कि यह बहस अनन्त काल तक चल सकती है। इसका समापन कठिन था। पहले भी ऐसी बहसें मैंने की हैं और मैं पराजित हुआ हूँ। कोई रास्ता नहीं था। कोशिश करना मेरा फ़र्ज़ था, मैंने पूरा किया।

''अब मैं आपसे पूछना चाहता हूँ कि मुझे पहचानने का, यह स्वीकार करने का कि मैं मैं हूँ, आप क्या लेंगे ?'' मैंने करुण स्वर में कहा।

''पाँच रुपए। हमारा यही रेट है।''

''ज़्यादा है।''

''मैं इससे कम में किसी को नहीं पहचानता। यह मेरा सिद्धान्त है।''

''पहले आप दो रुपए में पहचानते थे।''

वह मुस्कराया और उसने मेरी ओर देखा। फिर उसने मेरा हाथ थपथपाकर भावुक स्वरों में कहा, ''वे दिन बीत गए भाई साहब, जब मैं आपको दो रुपए में पहचान लेता था। गुज़र गया ज़माना। सस्ते दिन थे वे, और सरकारी दफ्तरों में इन्सान की पहचान एक-दो रुपयों में हो जाया करती थी। अब आप भी तो वह नहीं रहे, जो पहले थे। अब आप बड़े आदमी हो गए हैं। आप मशहूर हैं, दुनिया आपको जानती है। कितनी खुशी की बात है। हर इन्सान को प्रगति करना चाहिए। आप पहले इस विभाग से क्या पाते थे ? 25-50 रुपया। मगर धीरे-धीरे आपने प्रगति की और आज आप यहाँ ढाई सौ रुपया प्रति माह खींच रहे हैं। इधर मैंने भी प्रगति की है। मैं भी पाँच रुपए से कम में किसीको नहीं पहचानता। मेरी तो यही कामना है कि आप और आगे बढ़ें। आप विभाग को और मूर्ख बनाएँ और यहाँ से हज़ारों रुपया ड्रॉ करें। और मुझ जैसा अदना आदमी जो आप जैसे व्यक्ति को आज सिर्फ पाँच रुपए में पहचान लेता है, कल पचास और सौ रुपयों में पहचाने।''

वह चुप हो गया। मैं सिर झुकाए बैठा था और वह मेरी ओर देख रहा था। कमरे का आकाश शान्त था। मैंने महसूस किया कि जो व्यक्ति एक जीवन-दृष्टि को स्वीकार कर लेता है, वह सहज में नहीं डिगता। बहस उसे डिगा नहीं सकती। वह पराजित हो सकता है मगर वह टूटता नहीं। जो उसका है, वह लेगा। उसे लेना है, मुझे देना है। एक क्रम है, जिसे भंग करना कठिन है।

चुप्पी थी। एक बर्फ-सी जम रही थी जो अक्सर लम्बी चर्चा के बाद जम जाती है। इसे शब्दों से नहीं तोड़ा जा सकता। मैंने जेब में हाथ डाला और पाँच रुपए निकाले। यही उसका रेट था। उसने हाथ बढ़ाया और ले लिए।

‘‘और कैसा चल रहा है ? बाल-बच्चे सब मज़े में हैं न ?’’ उसने पूर्ण अपनत्व से पूछा ।

‘‘आपकी कृपा है ।’’ मैंने कहा ।

उसने पास रखी सरकारी तिजोरी खोली और ढाई सौ रुपए निकालकर गिनने लगा ।

कैसा जादू डाला

❊ ❊ ❊

'बैरन ने ए ए ए !' गायक ने एक हाथ उठा लम्बा सुर खींचा और झटके से नीचे हाथ ला आगे गाया—'कैसाआ जादू डाला', और उसीके साथ तबलेवाले की उँगलियाँ चेतन हो चलने लगीं। श्रोता झूमने लगे।

मैं स्वयंसेवक की नम्रता लिए पीछे की सीट पर बैठा था। टॉर्च मेरे हाथ में थी। यदि कोई प्रवेश करता तो मैं उसी समय टिकट नम्बर देख उसे सीट बता देता। मगर अब आनेवालों की संख्या कम हो रही थी। गायक अभोगी कान्हड़ा में एक चीज़ पहले सुना चुका था, जिसे श्रोताओं ने बहुत पसन्द किया था। तभी विश्वास हो गया था कि कार्यक्रम सफल होगा और संस्था को लाभ के साथ प्रतिष्ठा भी मिलेगी। बड़े-बड़े नेता कार्यक्रम में आए थे, जिनमें कुछ विरोधी दल के भी थे।

'बैरन ने ए ए, होओ, बैरन ने ए ए ए⋯!' गायक ने अपेक्षाकृत लम्बी तान ली और किसी ऊँचाई पर जाकर अटक-सा गया। मगर तुरन्त वहाँ से लोप हो वह एकदम नीचे के सुरों में उतरा और उसने वही शिकायत प्रस्तुत की—'कैसाआ जादू डाला !' इसमें 'कैसा' थोड़ा बारीक था, मगर 'जादू डाला' एकदम स्पष्ट था। फिर जल्दी ही वह सिर्फ 'कैसा' पर आकर ठिठक गया और बार-बार, अलग-अलग तानों में 'कैसा-कैसा' करने लगा। जैसे—के एएसा, कैसाआआ, कैएसाआ, आआकैसा, कैकै सासा, कैसा-कैसा और इसी प्रकार से अन्य वैरायटियाँ। कुछ मिलाकर उसका तात्पर्य था कैसा ? हाऊ ? उसके स्वरों में बैरन के जादू की पीड़ा अत्यन्त गहराई

से व्यक्त हो रही थी। वह 'कैसा' कहता और लोग सहज ही उस जादू को समझ जाते। वह प्रश्न-भर कर रहा था, मगर जिस गहराई से प्रश्न कर रहा था, उत्तर स्पष्ट था।

मुझे लगा कि किसी छोटे-से आँगन में एक उपेक्षित नायिका विलाप कर रही है। वह घर की कुण्डी लगाकर महल्ले की तीन-चार सखियों को जमा कर रो रही है, बिलख रही है और बता रही है कि बैरन ने कैसा जादू डाला है ? जाने कैसा ? गायक कैसा के 'सा' को ज्यों ही खींचता, उपेक्षित नायिका की पीड़ा आँगन की सीमा तोड़ती हुई सारे मोहल्ले में फैल जाती। मैं सोच रहा था कि बाई को इसमें रोने-चिल्लाने की क्या बात है ? यह तो होता ही है। जब तक तेरा बस चला, तूने क्या कम जादू डाला ! तूने तो उस बेचारे को यों बाँध लिया था कि न दाएँ हिल सकता था न बाएँ। बरसों वह सिर्फ तेरी खातिर अटका रहा और उसने इधर-उधर ताक-झाँक तक नहीं की, जो पुरुषों का जन्मसिद्ध अधिकार है। यदि आज वह किसी दूसरी के जादूपाश में बँध गया है, तो खिलाड़ी भावना से काम ले। वह उपेक्षित नायिका मेरे सामने होती, तो मैं उसे विस्तार से समझाता, पर वह नहीं थी। सामने एक पक्का गायक था, जो अपने गाने में मगन था।

हॉल के पिछले द्वार से एक जोड़ा प्रविष्ट हुआ। मैंने आगे बढ़ टॉर्च से उनका सीट नम्बर देखा। वही था जिस पर मैं बैठा था। अर्थात् मेरी सीट गई। वे अपनी जादूगरनी को लिए बैठ गए। मैं स्वयंसेवक की नम्रता से दरवाज़े के पास खड़ा हो गया। हाउस फुल हो चुका था। स्पष्ट था कि जब तक पक्का गाना चले, संस्था की सेवा के नाम पर मुझे खड़ा रहना होगा। मैंने चारों तरफ नज़र दौड़ाई। नेताओं की प्रतिष्ठित पंक्ति के पीछे एक सीट खाली थी। मैं धीरे से वहाँ बैठ गया। मेरे सामने विरोधी दल के कुछ भारी-भरकम नेता बैठे थे।

'जादू डालाआआ जादू ! आ आ आ आ जादू जादू ऊ ऊ ऊ ऊ !' गायक का स्वर फिर अपने मूल स्थान से काफी दूर निकल गया था और लौटकर नहीं आ रहा था। इधर की तानों में ज़ोर 'जादू' पर था। बार-बार वही किया जा रहा था। जाजा⋯दूदू चल रहा था। लोग मोहित भाव से सुन रहे थे। गायक का गला मीठा था और तानों में लोच। उसमें महज़ शास्त्रीयता के प्रदर्शन की पक्की ज़िद नहीं थी। वह राग के विस्तार के साथ शब्दों की आन्तरिक पीड़ा पर बल दे रहा था। इसी कारण धीरे-धीरे समा बँध गया था। सब मगन थे।

मैं उन विरोधी दल के नेताओं की ओर देख रहा था, जो मेरे आगे की पंक्ति में बैठे थे। सोच रहा था कि इन पर भी संगीत का प्रभाव होता है या नहीं ? मुझे हँसी आई। जब पेड़-पौधों पर होता है, तो इन पर क्यों नहीं होता होगा ? और वाकई उन पर गहरा प्रभाव हो रहा था। मैंने दूसरी ओर बैठे मन्त्रियों की ओर भी देखा। वे खुश थे, तानों पर यों गर्दन हिला सहमति प्रकट कर रहे थे मानो उनका सचिव प्रस्तुत कर रहा हो। सम पर हाथ भी मार देते थे। विरोधी दल के नेता चुप-से बैठे थे। कभी-कभी सिर झुका विचारों में डूब जाते थे। मैंने एक मोटे-से विरोधी नेता को चश्मा उतार आँखें पोंछते भी देखा।

'कैसा जादू डाला, हो ओ ओ ओ, कैसा जादू डाला आ आ !' गायक अपने मज़े में हाथ और गर्दन को धीरे-धीरे हिलाता हुआ गा रहा था। तानपूरे पर उँगलियाँ फेरनेवाला और तबलेवाला उसके साथ खो-से गए थे। 'कैसा जादू डाला आ, बैरन ने कैसा जादू डाला आ !'

मेरे सामने की सीट पर बैठे विरोधी दल के एक नेता धीरे से उठे और बाहर जाने लगे। वे वृद्ध थे। मैं टॉर्च से उन्हें रास्ता बताता बाहर ले आया।

"आप जल्दी जा रहे हैं ?" मैंने नम्रता से पूछा।

"हूँ," दुखी स्वर से उन्होंने कहा, फिर चश्मा निकालकर आँखें पोंछीं। कुछ संयत-से हुए और धीरे-धीरे चले गए। मैं फिर अन्दर आकर बैठ गया।

'कैसा जादू डाला आ आ, बैरन ने कैसा जादू डाला आ आ आआ !' गायक उसी स्थिति को बार-बार स्पष्ट कर रहा था और उसके स्वरों की करुणा सारे हॉल में फैल रही थी। 'डाला आआ, डाआआला, डाआआआ, लाआआआआ, डाला, जादू डाला, कैसा जादू डाला, बैरन ने एएए कैसा, नेए कैसाआआ !'

"बड़ी पोलीटिकल चीज़ सुना रहा है मेरा यार !" विरोधी दल के एक नेता ने अपने पास बैठे दूसरे नेता से कहा।

"सोचा था संगीत सुनेंगे, कुछ देर को गम गलत करेंगे, मगर यहाँ भी वही किस्सा छिड़ गया।" दूसरे ने लम्बी साँस ली।

'कैसा जादू डाला आआ !' गायक गा रहा था,

"अरे हाँ भाई, सुन लिया। अब तक तक दुहराओगे वही बात !" विरोधी दल का एक नेता बड़बड़ाया—"हमारे बस में है क्या कुछ, जो तुम्हें समझा दें कि कैसा जादू डाला। वह तो एक हवा थी, जो चल गई देश-भर में। उसे कुछ कहिए,

उसका जादू कहिए या हमारी कमज़ोरी। अब क्या किया जा सकता है, प्रजातन्त्र है यहाँ तो, जो पब्लिक करे सो सही।''

'जाआआ दूऊऊऊऊ !' गायक ने स्वर को उठाया और हॉल की छत पर लटका दिया। फिर वहाँ से उतारा और गमककर हॉल की अगली पंक्ति की ओर फेंक दिया। वहाँ से समेट तबलेवाले को सौंप दिया। और जब तबलेवाले ने ठुमके से गर्दन हिला दी, तो गायक ने 'जादू डाला' को लम्बा हाथ फेंक दाहिने दरवाज़े से बाहर कर दिया। फिर कुछ क्षण चुप रहा। तब वह स्वर शायद लम्बा चक्कर काट वापस उसके पास आ गया था। इस बार गायक ने उसे कन्धे से उतारा और मुट्ठी खोल सामने रख लिया।

मेरे सामने की पंक्ति में बैठे विरोधी नेताओं से सहन नहीं हुआ कि बार-बार वे ही शब्द सारे हॉल में चक्कर काटें। वे उठ खड़े हुए। मैंने टॉर्च से रास्ता दिखाया और उन्हें बाहर ले आया।

''कौन है तुम्हारी संस्था का मन्त्री, अध्यक्ष, वगैरह ?'' एक नेता ने मुझसे डाँटकर पूछा।

''कहिए ?'' मैंने पूछा।

''तुम हो ?''

''नहीं, मैं नहीं हूँ। मगर कोई सेवा हो तो आज्ञा दीजिए।''

''देखो भैया, शास्त्रीय संगीत के प्रोग्राम में पोलिटिक्स नहीं आनी चाहिए। उन गायक महोदय को हमारी तरफ से बता देना कि यह सही है कि आज इन्दिरा जी ने जादू डाला है, मगर इसका मतलब यह नहीं कि गा-गाकर कोई जले पर नमक छिड़के। संगीत में राजनीति नहीं आनी चाहिए। आजकल हमारे दुर्दिन चल रहे हैं, तो ये गाने-बजानेवाले भी जो तबीयत चाहा कहने लगे–'जादू डाला, जादू डाला'।''

''मगर मैं नहीं समझता कि उसमें कोई राजनीति है।'' मैंने उनसे कहा, ''वह तो एक पद है जिसमें गोकुलवालियाँ कोस रही हैं कुब्जा को, जिसके चक्कर में कृष्ण मथुरा अटक गए हैं। 'बैरन ने जादू डाला'।''

''अरे, अब हमें मत चलाओ उल्टा-सीधा। हुंह !'' उन्होंने क्रोध से मुझे देखा और बड़बड़ाते चल दिए, ''हमें उल्लू बनाने की कोशिश कर रहे हैं !''

'कैसा आ आ आ आ आ !' हॉल के दरवाज़े से गायक का स्वर बाहर आ गया और बरामदे का लम्बा चक्कर काट फिर अन्दर घुस गया। मैंने जब पर्दा

हटाया, तब वह गायक की हथेली पर था, जिसे उसने फिर धकेल दिया था बाईं
ओर !

'जादू डाला आ आ आ आ आ आ !'

और मैंने देखा, हाल में शेष बचा अन्तिम विरोधी नेता भी उठकर धीरे-धीरे
बाहर आ रहा है।

एक बैले की तैयारी

*** *** ***

बड़े पैमाने पर सरकार और छोटे पैमाने पर जनता को मूर्ख बनाने के लिए मुझे 'बैले' की उपयोगिता स्पष्ट नज़र आ रही है। 'बैले' अर्थात् नृत्य-नाटिका, मगर यह क्षेत्र भी ऐसा है जहाँ अँग्रेज़ी शब्द हिन्दी से ज़्यादा रोब रखता है। अतः उसका ही उपयोग करना आवश्यक है। मैं चाहे नृत्य नहीं जानता, मगर अँग्रेज़ी जानता हूँ। यदि सिर्फ अँग्रेज़ी से काम नहीं चले तो नृत्य भी कर सकता हूँ। पैसे के लिए कौन नहीं करता। आजकल मैं इस दिशा में गम्भीरता से विचार कर रहा हूँ। एक ऐसा कन्या-प्रधान दल बनाने की सोच रहा हूँ, जिनकी कमर मेरी भृकुटी के 'रीमोट कण्ट्रोल' से लचकने लगे। मैंने कुछ विषय खोजे हैं और कुछ अँग्रेज़ी शब्दों के व्यावसायिक अर्थ गहराई से समझे हैं। 'बैले' के लिए नृत्य नहीं, शब्द प्रमुख है। कुछ भी कीजिए मगर उसकी एक भावना-प्रधान, एक लहरदार कमेण्ट्री देना ज़रूरी है जिसमें भारी-भरकम से लेकर हल्के-फुल्के शब्दों तक की कसीदाकारी हो, क्रोशिया लेकर आठ-दस पंक्तियों को बुन दिया जाए और विश्वास रखा जाए कि अँग्रेज़ी को देववाणी माननेवाला वर्ग कचरे में से गूढ़ अर्थ निकाल लेगा। यदि शब्दों में शक्ति है तो आप रोब से कचरा प्रस्तुत कर सकते हैं। मैं करनेवाला हूँ। मुझे 'बैले' प्रस्तुत करने के लिए सरकारी मदद चाहिए। सरकार अपने को सुसंस्कृत दिखाने के लिए धन नष्ट करने को आतुर है, मेरे 'बैले' से श्रेष्ठ क्या माध्यम हो सकता है। आरम्भ के लिए एक लाख रुपया काफी होगा।

कला के क्षेत्र में सफलता की सबसे बड़ी ट्रिक है शहर में जाकर गाँव बेचिए।

मैं इसी दिशा में सोच रहा हूँ। गाँव की महिलाओं के शरीर स्वस्थ होते हैं और देखने में सुन्दर। वे समूह में ठुमकते हुए काम करती हैं और यदि एक मुट्ठी-भर लड़कियाँ ग्रामीण वस्त्रों में मंच पर बिखेर दी जाएँ तो शहर का दर्शक आँखें फाड़े उन्हें देखता रहता है, जब तक पर्दा न गिरे। बस, काफी हद तक यही फार्मूला चलेगा। मगर सवाल आधुनिकता का भी है। अतः नए विषय खोजने होंगे। साहित्य के अतिरिक्त सभी क्षेत्रों में एक चम्मच-भर सृजनशीलता जो आर्थिक लाभ देती है, वह एक बाल्टी-भर के लेखन से प्राप्त नहीं होता। मैंने 'बैले' के लिए विषय खोजा है और उसके पूर्व के लिए कुछ छोटे-छोटे 'आयटम' मेरे पास हैं।

पहला 'आयटम' है—दि किसान ऑफ इण्डिया। परदा उठने पर एक किसान दिखाया जाएगा। वह किसान है, किसानी करता है जो देखने में अजीब चीज़ लगती है। चूँकि वह इस लकड़ी के मंच पर फसल उगाने में लगा है, अतः वह बड़े मज़े से नाच-नाचकर यह काम कर रहा है। वह कमर मटकाते हुए हाथ ऊपर-नीचे कर ज़मीन-आसमान एक करने में लगा ही था कि उसकी 'किसाननी' आ जाती है और फिर दोनों ठुमकते हैं। फिर वह घर चली जाती है और यह मेरा बेटा परदा गिरने तक नाचता रहता है। नृत्य द्वारा यह साबित किया जाएगा कि भारत का किसान कितनी बड़ी मेहनत करता है। क्यों नहीं उसे काम करता देखने के लिए एक टिकट खरीदा जाए ? 'बैले' का दूसरा 'आयटम' है—वाक। अँग्रेज़ी कमेण्ट्री में बताया जाएगा कि होल मेनकाइण्ड वाक करती है। आदमी बर्थ के बाद वाक करना सीखता है और अल्टीमेट डेस्टिनी तक 'वाक' करता रहता है। गरीब-अमीर सब 'वाक' करते हैं, पुरुष-स्त्री सब 'वाक' करते हैं, घर-बाहर सब जगह 'वाक' होता है। परदा उठेगा और लोगों का समूह वाक करता दिखाया जाएगा। बस वे चल रहे हैं—दाएँ-बाएँ, इधर-उधर, आगे-पीछे, आमने-सामने। नेपथ्य में सड़क-संगीत बज रहा है। फिर एक ट्रैफिक-पुलिस आता है। वह नृत्य करने लगता है और लोगों को साइड दे रहा है। लोग उसके इशारे से 'वाक' करने लगते हैं। वह एक को रोकता है दूसरे को जाने देता है, तीसरे को रोकता है चौथे को जाने देता है। भीड़ बढ़ती है। अलग-अलग वेशभूषा में विभिन्न प्रकार से लड़कियाँ चल रही हैं। दर्शक मुग्ध हैं। वास्तविकता लाने के लिए एक बुढ़िया भी चलती दिखाई है, एक लंगड़ा, एक अंधा। सब 'वाक' कर रहे हैं। फिर चले जाते हैं। एक शख्स रह जाता है वह भी घर लौटने की सुस्ती में 'वाक' करता चला जाता है। फिर एक परदा रह जाता है, जो गिर जाता है।

तीसरा 'आयटम' संगीत-प्रधान होगा मगर एक सिरे से मौलिक। 'आयटम'

का नाम होगा 'दि म्यूज़िक ऑफ पिंजरा' और प्रमुख गीत के शब्द होंगे—'धुन रे धुनकिया धुन-धुन-धुन।' परदा उठाने पर एक पिंजरा अपना वाद्य लिए रुई पींजता दिखाई देता है। ठांय। ठिक। ठांय। ठिक ठांय ! ठांय ! ठिक ! शब्द सुनाई देते हैं, 'लेडीज़ एण्ड जेन्टिलमेन, हीअर इज़ ए पिंजारा पींजिंग हिज़ कॉटन। सी ज़रा कि लाइफ में लेबर एण्ड म्यूज़िक का कैसा यूनिक कांबिनेशन है।' और तभी पिंजारन आती है। पिंजारा अपना रुई पींजने का वाद्य बजा रहा है और वह धुनकी हुई रुई उड़ाती नृत्यु करती है। गाना आता है—'धुन रे धनुकिया, धुन-धुन-धुन।' फिर पिंजारा भी नृत्य करने लगता है। 'दि डांस ऑफ लाइफ एण्ड लेबर विद म्यूजिक एण्ड डांस। सी लेडीज़ एण्ड जेंटिलमेन ऑफ महानगर, हीअर आय एम टु चीट यू एण्ड यूअर गवर्नमेण्ट !'

उसके बाद एक छोटा-सा 'आयटम' है—'खुजली' नृत्य। उसके मूल में दर्शन है कि आज मानवमात्र अपने शरीर को यहाँ-वहाँ से सहलाने में व्यस्त है। जो विचारक हैं वे अपनी ठुड्डी सहला रहे हैं, जो श्रमिक हैं वे अपनी पीठ, और जो सम्पन्न है वे अपनी जाँघें। खुजली अतृप्त आकांक्षा की प्रतीक है अथवा एक एकाकी प्रयास जिसमें मानव स्वयं को टटोलता है। मंच पर जितने नर्तक-नर्त्तकियाँ आते हैं, वे कहीं न कहीं से अपना शहरी सहला रहे हैं। संगीत धीरे-धीरे जोर पकड़ता है और साथ ही यह क्रिया भी। पूरी रचना एक किस्म का 'कॉमिक' है, मगर जब अँग्रेजी में पूरी दार्शनिक गहराई के साथ इसे प्रस्तुत किया जाएगा, यह एक ग्रेट चीज़ बन जाएगी। इस 'आयटम' में नर्तक दर्शकों को भी पार्टीसिपेशन के लिए इनवाइट करेंगे कि वे भी अपना शरीर सहलाएँ, स्वयं को खुजलाएँ और धीरे-धीरे समूचा कार्यक्रम एक 'हैपनिंग' में बदल जाएगा।

उसके उपरान्त मैं अपना बटुआ सहलाते हुए दर्शकों के लिए पन्द्रह मिनट का इण्टरवल कर देता हूँ। इसमें वे कॉफी पीते या आइसक्रीम चाटते एक-दूसरे को मधुर 'हाऊ-डू-यू-डू' कर सकते हैं। परस्पर मुस्करा सकते हैं, इण्टरवल तक प्रस्तुत मेरी उच्च कला पर छोटे-मोटे कमेण्ट कर अपने कला-प्रेमी होने की हवा बाँध सकते हैं और जहाँ 'जेण्ट्स' लिखा हो उस कक्ष में घुसकर सफेद गोलियों पर आँखें गड़ा सकते हैं। महिलाएँ एक-दूसरे के साड़ी-जूड़े, हल्के-गहरे मेकअप तथा अन्य स्त्रियों के पतियों के स्वास्थ्य, सूट और स्वभाव पर गौर कर सकती हैं।

उसके उपरान्त मूल 'बैले' आरम्भ होता है, जिसके लिए टिकट बेचे गए हैं, पत्रकारों को बटोरा गया है और अफसरों को सादर कार्ड भेजे गए हैं। 'बैले' का कथानक एकदम ताजा है। पद के लिए छटपटाती मानव-आत्मा की कहानी।

रेल जीवन की गति का प्रतीक है। परदा उठने पर लाइट, शेड और कार्डबोर्ड की मदद से एक रेल दिखाई गई है। लोग पत्नियों, कुलियों और सेण्ड-आफ करनेवालों सहित नृत्य करते हुए आ रहे हैं और रेल में बैठने का नाटक कर रहे हैं। चायवाला आवाज लगा रहा है, गार्ड घूम रहा है, कुली पैसे माँग रहा है। हर शख्स पैर फैलाने का इरादा लिए सिमटा बैठा है। एक अफसर आता है, वह रेल चेक करता है, पटरी चेक करता है, गार्ड की मूँछें चेक करता है और उसकी सलामी लेता हुआ स्पेशल कम्पार्टमेण्ट में बैठ जाता है। सीटी बजती है, स्टीम छूटती है, गाड़ी बढ़ने की ध्वनि के साथ पिछले पर्दे के पास का दृश्य दाहिनी ओर खिंचता है। तभी एक व्यक्ति दौड़ता आता है, गार्ड को कुछ कहता है और गार्ड सीटी बजाकर रेल रोक देता है। पैसेन्जर खिड़की से झाँकते नाराज देखते हैं। आगन्तुक रेल के स्पेशल कम्पार्टमेण्ट में बैठे अफसर को दो-एक ज़रूरी पत्र देता है। अफसर पत्र पढ़ने के बाद क्रोध की मुद्रा में सीना फुलाकर नृत्य करने लगता है। पत्र में मन्त्री महोदय ने आदेश दिया है कि अफसर अपना दौरा समाप्त कर दे और लौट आए। यात्री हँस रहे हैं और नृत्य कर रहे हैं। अफसर पैर पटकता हुआ तांडव कर रहा है। यात्री गार्ड से गाड़ी बढ़ाने को कह रहे हैं, अफसर गाड़ी बढ़ने नहीं दे रहा। अन्ततः गार्ड अफसर का स्पेशल कम्पार्टमेण्ट काटकर रेल बढ़ा ले जाता है। यात्रीगण ठुमकते हुए रेल के पार्श्व-संगीत में आगे बढ़ जाते हैं। अब पृष्ठभूमि में करुण संगीत है। अफसर मंच पर अकेला है और एक खाली डिब्बा। वह कभी डिब्बे में घुसकर सीट पर बैठता है, कभी वहाँ से उठकर बाहर आकर नाचने लगता है। संगीत उभरता है। धीरे-धीरे अफसर नृत्यु करते हुए मात्र एक अकेला अफसर नहीं रहता। वह उन समस्त प्यासी भारतीय आत्माओं का प्रतीक बन जाता है जो अपनी कुर्सी से चिपके रहना चाहते हैं और उसके साथ गति के लिए आकुल हैं। गति के अभाव में कुर्सी और कुर्सी के अभाव में गति उन्हें व्यर्थ लगती है। 'बैले' का अन्त लम्बा और दिल को हिला देने वाला है। अकेला नर्त्तक एक सीट के आसपास नाच रहा है और वह नाचते-नाचते थककर गिर जाता है, वहीं पटरी पर। स्पेशल डिब्बा धीरे-धीरे हट जाता है। दूर से रेल का प्रकाश दिखाई देता है, सीटी सुनाई देती है और एक मानवीय चीख और रेल की घड़घड़ाहट के साथ परदा गिर जाता है।

आपका क्या ख्याल है ? यह एक खेलने लायक 'बैल' है ना। मुझे सरकारी मदद मिल जाएगी। मदद उसके पूर्व मुझे कुछ नर्त्तकों की मदद चाहिए। जो भली-भांति ठुमकना जानते हों, कृपया मुझसे सम्पर्क करें।

चाँद पर

* * *

भारत में विज्ञान के विकास के सरल और संक्षिप्त इतिहास में वह दिन स्वर्णाक्षरों अथवा 'चौदह पाइंट बोल्ड' में लिखा जाने योग्य था, जब दो भारतीय वैज्ञानिकों ने यह घोषणा की कि गोबर-गैस से अंतरिक्षयान बसूबी चलाए जा सकते हैं। घोषणा के साथ ही चाँद और मंगल पर जाने के आर्य इरादे बल पकड़ गए। धुआँधार वक्तव्य आरम्भ हुए और ठंडे तरीके से काम कर रही लोकसभा में गर्मी आ गई। सरकार का गला पकड़कर विरोधी दलों ने पूछा कि बताओ इस दिशा में क्या कर रहे हो ? और तब रिपोर्ट आने पर वक्तव्य देने का वादा कर सरकार ने अपना गला छुड़ाया।

रिपोर्ट दो माह बाद आई, जब सेशन खत्म हो चुका था। रिपोर्ट में जो वैज्ञानिक तथ्य दिए थे, उन्हें तो कैबिनेट की सब-कमेटी समझ नहीं पाई, पर इसके राजनीतिक महत्त्व को कांग्रेस हाई कमाण्ड ने समझ लिया। अगला चुनाव जीतने के लिए अन्तरिक्ष-यात्रा का नारा ज़ोरदार रहेगा। तय रहा कि बात आगे बढ़ाई जाए।

जिस दिन प्रधानमन्त्री ने पत्रकारों को बताया कि चाँद पर जाने के लिए अन्तरिक्षयान का निर्माण आरम्भ हो रहा है, उसी दिन राष्ट्रपति ने एक अध्यादेश निकाल गोबर को राष्ट्रीय संपत्ति घोषित कर दिया। गाय का नए सिरे से सम्मान आरम्भ होने के कारण हिन्दू धर्म के नेताओं ने अध्यादेश की प्रशंसा की और कुछ महात्माओं ने बताया कि प्राचीन काल में भारतीय यान गोबर-गैस से ही चलते थे, इन्द्र, जो स्वर्ग का राजा था, उसके पास सर्वाधिक गोबर देनेवाली गायें थीं।

पृथ्वी के किसी राजा के पास यदि गायों की संख्या बढ़ जाती और वह अन्तरिक्षयान उड़ाने के लिए सक्षम हो जाता तो इन्द्र तुरन्त ब्राह्मण का रूप धर उसकी गायें दान करवा लेता। बेचारे राजा के सारे अरमान धरे रह जाते। प्राचीन काल में भारत में दूध-दही की नदियाँ बहती थीं और गोबर के पहाड़ थे।

मतलब यह कि घोषणा का अच्छा स्वागत हुआ। सरकार ने कलक्टरों को आदेश दिए कि वे गोबर के दुरुपयोग को रोकें। कलक्टर कड़ी नज़र रखने लगे। कुछ ही दिनों में हर ज़िले में गोबर कंट्रोलर के पद स्थापित किए गए। नियुक्तियाँ भी हुई। इधर मिलिटरी कारखाने में अन्तरिक्षयान बनाने का काम अपेक्षाकृत तेज़ी से चला। खुशी की बात थी कि सारे पुर्ज़े देशी थे। पर डर की भी यही बात थी कि कहीं इसी कारण अन्तरिक्षयान में रास्ते में गड़बड़ न हो जाए। सरकार के बार-बार निर्देश बदलते और उन्हींके अनुसार डिज़ाइन बदलना पड़ता। मूल प्रस्ताव यह था कि अन्तरिक्षयान में पाइलट के अलावा एक वैज्ञानिक रहेगा। पहला डिज़ाइन उसीके अनुरूप बना। पर बाद में सचिवालय से आदेश आए कि एक अफसर के बैठने का भी इन्तज़ाम रखा जाए। जल्दी ही दूसरे आदेश आए कि अफसर के साथ एक चपरासी भी जाएगा। पर कांग्रेस के ऊपरी सरकल का ज़ोर था कि अन्तरिक्षयान में एक नेता भी बैठा होना चाहिए। यह अवसर किसे दिया जाए, इसे लेकर अन्दर ही अन्दर काफी खींचतान रही। श्री जगजीवनराम ज़ोर दे रहे थे कि किसी हरिजन को चाँद पर भेजा जाए ताकि इस देश से छुआछूत हमेशा के लिए सामाप्त हो जाए। उन्होंने भावपूर्ण शब्दों में कहा कि आज गांधी जी जीवित होते तो हरिजन को ही चाँद पर भेजते। धार्मिक नेताओं पर इसकी तीव्र प्रतिक्रिया हुई। उन्होंने नारा दिया—'चन्द्र को अपवित्र होने से बचाओ !' इधर दक्षिणवालों का कहना था कि इस मामले में उनकी उपेक्षा हो रही है। धीरे-धीरे सभी राज्य सर उठाने लगे। मध्य प्रदेश से एक डेपुटेशन दिल्ली गया और उसने माँग की कि भारत का पहला अन्तरिक्ष स्टेशन मध्य प्रदेश में बनना चाहिए, क्योंकि हमारा राज्य भारत का हृदयस्थल है और अन्य राज्यों की तुलना में पिछड़ा हुआ है। केन्द्रवालों ने कहा कि अन्तरिक्ष स्टेशन तो नहीं, हम आपको तीन रेलवे स्टेशन दे सकते हैं। डेपुटेशन के सदस्य रेलवे स्टेशन लेकर सहर्ष लौट आए। पर अन्य राज्य डटे रहे। प्रधानमन्त्री उलझन बढ़ती देख तटस्थ हो गईं और व्यक्ति तथा स्थान का चयन करने के लिए तीन बड़े नेताओं की कमेटी बना दी गई है, जिसका फैसला अन्तिम माना गया⋯।

जिस दिन अन्तरिक्षयान चाँद के लिए रवाना हुआ, उस दिन सार्वजनिक अवकाश घोषित कर दिया गया। डाक विभाग ने एक टिकट निकाला और प्रधानमन्त्री

ने आकाशवाणी से यात्रियों के लिए शुभकामना व्यक्त की, जिसमें कहा गया कि आज हम नए युग में प्रवेश कर रहे हैं और हमें एकता की भावना बनाए रखनी चाहिए। एक और राष्ट्रीय स्तर के नेता ने कहा कि आज हम इस स्थिति में आए गए हैं कि अमरीका और रूस को मार्गदर्शन करा सकें। कांग्रेस-अध्यक्ष ने पत्रकारों से मज़ाक में कहा कि अगला कांग्रेस अधिवेशन चाँद पर होगा, जिसकी बॉक्स स्टोरी प्रकाशित हुई। इसका बाज़ार पर भी असर पड़ा कि एकाएक जाने कैसे तिलहन के भाव गिर गए। कुछ फिल्म प्रोड्यूसरों ने घोषणा कर दी कि उनकी अगली फिल्म चाँद पर होगी। अन्तरिक्ष-यात्रा के समय और मुहूर्त को लेकर ज्योतिषियों के अलग-अलग बयान छपे और यात्रियों की जन्म-पत्रिकाएँ छापी गई। अन्तरिक्ष-यात्रा की सफलता हेतु एक तीर्थस्थल पर विराट यज्ञ भी आरम्भ हो गया, जिसमें यान के रवाना होने से लौटने तक लगातार आहुतियाँ डालने का निर्णय लिया गया। आकाशवाणी ने घोषणा की कि अन्तरिक्षयान की रवानगी का आँखों देखा हाल सभी केन्द्रों से अँग्रेज़ी व हिन्दी में प्रसारित किया जाएगा। जूता उद्योगवालों ने अन्तरिक्ष-यात्रियों को मुफ्त जूते और बीड़ी उद्योगवालों ने मुफ्त बीड़ी के बण्डल दिए और उनसे वादा लिया गया कि जब वे चाँद पर उतरेंगे, देशी जूता पहनकर उतरेंगे और वहाँ खड़े होकर बीड़ी पीएँगे।

अन्तरिक्षयान में सबसे आगे पाइलट और उसके पास एक वैज्ञानिक महोदय बैठे थे। आप विज्ञान की जिस शाख से सम्बन्ध रखते थे, उसका अन्तरिक्ष से कोई वास्ता नहीं था, पर मिनिस्ट्री में इनकी पहुँच गहरी थी, इसीलिए इनका सिलसिला बैठ गया। वैज्ञानिक के पीछे नेता महादेव बैठे थे। आप खिड़की के पास सटकर बैठे थे और बाहर झाँक-झाँककर जनता को नमस्कार कर रहे थे। ऐसा आप तब तक करते रहे, जब तक अन्तरिक्षयान धरती के मीलों ऊपर न उठ गया। नेताजी के पीछे एक अफसर बैठा था, जिसके पास अन्तरिक्ष अभियान से सम्बन्धित सारे कागज़ात की फाइल थी, जो उन्होंने अपने पीछे अपने बैठे चपरासी को थमा दी थी।

"अब हमारा अगला मुकाम कौन-सा होगा ?" नेताजी ने अफसर से पूछा। अफसर ने वैज्ञानिक से पूछा। वैज्ञानिक ने पाइलट से पूछा।

"चाँद," पाइलट ने वैज्ञानिक से कहा।

"चाँद," वैज्ञानिक ने नेताजी से कहा।

नेताजी को सीधी जानकारी देने के अपराध पर अफसर ने वैज्ञानिक को घूरकर

देखा । वैज्ञानिक सहमकर बैठ गया ।

"क्यों नहीं रास्ता काटने के लिए हम सब मिलकर रघुपति राघव राजा राम गाएँ ?" नेताजी ने मुस्कराते हुए सुझाव दिया और स्वयं गाना आरम्भ कर दिया । चपरासी ने सुर मिलाया । फिर अफसर ने और फिर वैज्ञानिक ने । पाइलट कुछ देर चुप रहा । वह एयरफोर्स का सीनियर अधिकारी था । अन्तरिक्षयान में यह डिस्टरबेंस देख वह बिगड़ खड़ा हुआ । उसने अफसर से कहा कि अगर आप लोग खामोश नहीं बैठे तो किसी दुर्घटना के लिए मैं ज़िम्मेदार नहीं होऊँगा । फिर सब चुप हो गए ।

"भाई, यह भजन तो शान्ति बढ़ाता है, दूर नहीं करता," नेताजी ने कहा । पाइलट ने कोई जवाब नहीं दिया ।

कुछ देर बाद नेताजी ने अफसर से पूछा, "क्या मैं अपने देश के भाइयों को सम्बोधित कर सकता हूँ ?"

"ज़रूर !" अफसर ने उनके सामने वह माइक लगा दिया, जो पृथ्वी के रेडियो स्टेशन से जुड़ा था । नेताजी की बाछें खिल गईं । माइक हाथ में लेकर भाषण देने लगे अपने प्यारे देशवासियों के लिए । उन्होंने बताया कि किस प्रकार भारत आज़ाद हुआ, कैसे अँग्रेज़ गए, फिर कैसे योजनाएँ चलीं और कैसे आज देश विकास करता हुआ चन्द्रमा की ओर जा रहा है । नेताजी भाषण देते रहे, देते रहे और तब तक देते रहे जब तक कि अन्तरिक्षयान चाँद पर नहीं पहुँच गया ।

स्वागत के लिए कोई भीड़ नहीं थी । मौसम ठण्डा नैनीतालनुमा था । वे लोग नीचे उतरे और चहलकदमी करने लगे । ज़मीन सपाट थी पर उपजाऊ बनाई जा सकती थी । कुछ फल के पेड़ थे—ऊँचे । चपरासी ऐसे वक्त काम आया । उसे चढ़ाया गया और फल तुड़वाए गए । मीठे थे । नेताजी ने कुछ खाए और कुछ अपने बच्चों के लिए झोले में डाल लिए । वहाँ से पृथ्वी नज़र आती थी । भारत भी दिखता था । अजब अखण्ड भारत क्योंकि पाक-सीमा दिखाई नहीं देती थी । वे लोग आधा मील क्षेत्र में भटके, फिर सूझा नहीं कि क्या करें ।

"भाई, इतने विशाल क्षेत्र में बिना जीप के यात्रा असम्भव है," नेताजी ने कहा ।

"आप ठीक फरमा रहे हैं ।"

"न रास्ते हैं, न खेत···"

"जी हाँ ।"

"अगर यहाँ कुछ आदिवासी मिल जाते तो हम इसे पिछड़ा हुआ क्षेत्र घोषित

कर देते।''

''जी हाँ, ऐसी जगह कमिशनर नियुक्त किया जा सकता है, जो क्षेत्र का विकास करे तथा कानून-व्यवस्था बनाए रख सके। हमारे देश में प्रशासन की उच्च परम्परा रही है। उसका लाभ चाँद को मिलना चाहिए।'' अफसर ने कहा।

पर इसी समय एक अठपहलू यान आया और इनके करीब उतरा, जैसे कोई हैलिकॉप्टर पूरे इत्मीनान से उतर रहा हो।

यान से तीन व्यक्ति नीचे उतरे। उनके बाल सुअरों की तरह कड़े और ब्रश की तरह खड़े थे। इनके पेट उठे हुए थे और वे पूरे शरीर पर एक कुरतेनुमा ढीला वस्त्र डाले थे।

''ये चाँद क्षेत्र के कोई बड़े नेता लोग हैं जो हमारे स्वागत को आ रहे हैं,'' नेताजी ने पूरे विश्वास से कहा।

''कैसे कहा जा सकता है ?'' पाइलट बोला।

''देख नहीं रहे, ये ढीला कुरता पहने हैं और इनके पेट उठे हुए हैं। ज़रूर ये कोई बड़े नेता हैं।'' उन्होंने चाँदवासियों को हाथ जोड़कर नमस्कार कहा। इस शिष्टाचार का उन लोगों ने कोई जवाब नहीं दिया।

''कहाँ से आए हो ?'' उन्होंने पूछा।

''पृथ्वी से, हम भारतवासी हैं, रूस, अमरीका के नहीं। समझे ! वे लोग भी यहाँ आने की कोशिश में हैं।''

''तुमने अपना यान जंगल में उतारा है। हमारे शहर इसके नीचे बसे हुए हैं। वहाँ चलिए।''

शुरू में भोले भारतवासियों को समझ नहीं आया। बाद में पता चला कि वे ज़मीन के अन्दर रहते हैं और ऊपरी सतह पर खेत और जंगल हैं। वे तीनों इन लोगों को अपने यान में बिठा ऊपर उड़े, फिर कुछ दूर धूल के एक सुराख में प्रवेश कर नगर में पहुँच गए। अच्छा, विकसित शहर।

''आपके यहाँ निर्माण-कार्य काफी हुआ है। टेण्डर सिस्टम है ? ठेकेदारों से कितना कमीशन मिल जाता है ?'' नेता ने पूछा।

''हमारे दिमाग में अभी ऐसे विचार नहीं उठे हैं।''

''आपको अभी हमसे बहुत कुछ सीखना है,'' नेता ने जवाब दिया। फिर पूछा, ''शासन-व्यवस्था कौन-सी है ? ऐसा सुचारु रूप से काम तो डिक्टेटरशिप में ही चलता है।''

''प्रजातन्त्र है,'' चाँदवासी ने उत्तर दिया।

''हूँ, समाजवाद का चक्कर भी है कि नहीं ? जनता को किस उम्मीद पर अटकाते हो ?''

''यहाँ जनता धोखे में नहीं आती ।''

''फिर नेतागीरी कैसे चलती है ?''

''जनता नेता चुनती है ।''

नेता महोदय ने ठण्डी साँस ली और कहा, ''अभी आपको हमसे काफी सीखना होगा ।'' फिर बोले, ''यहाँ से हम कौन-सा माल सस्ता खरीद भारत में महँगा बेच सकते हैं ?''

''हम माल नहीं बेचते ।''

''खरीद तो सकते हैं ? अचार, चटनी, पापड़, तेन्दु पत्ते की बीड़ी, साड़ी, जूता वगैरा । एक बार आजमाकर खात्री करें ।''

''हमें नहीं चाहिए । हमारे पास ज़रूरत की सब चीज़ें हैं ।''

''आप हमें मदद दे सकते हैं ? अनाज, मशीनें, उपन्यास, ब्लेड ।''

''नहीं ।''

''फिर आपकी दोस्ती से हमें क्या लाभ ?''

''हम आपको आपके यान तक वापस छोड़ सकते हैं ।''

''हम यहाँ आए हैं तो पूरे चाँद की सैर करके जाएँगे, ताकि अपने देशवासियों पर हम अपना रोब गाँठ सकें । हमारे कवियों ने चाँद पर बहुत-सी कविताएँ लिखी हैं, जिनका संकलन हम लाए हैं, हम आपको वह सुनाना चाहते हैं । हम यहाँ की जनता को भाषण देना चाहते हैं । आपको हमारा सम्मान वगैरा करना चाहिए । बदले में हम आपको भारत आने का निमन्त्रण देंगे । वहाँ आपका सम्मान करेंगे । हमारे यहाँ बहुत-से विश्वविद्यालय हैं, हम आपको किसी विश्वविद्यालय से डॉक्टरेट दिलवा देंगे ।''

तीनों चाँद वाले खूब हँसे । उन्होंने कहा, ''ठीक है, जैसा आप चाहते हैं, हम आपको चाँद पर घुमा देंगे ।''

भारत से गए इन महान् यात्रियों ने चाँद पर अजीब बातें देखीं । उन्होंने देखा कि वहाँ लोगों को नहीं चलना पड़ता बल्कि सड़कें चलती हैं । चूँकि सभी स्त्रियों की शक्ल एक जैसी है, अतः पराई बीवी को घूरने का सवाल नहीं उठता । पीढ़ियों का संघर्ष नहीं है, क्योंकि हर व्यक्ति एक निश्चित आयु में निश्चित रूप से मर जाता है । स्नॉबरी एक मर्ज़ माना गया है, जिसे समाप्त करने के लिए इन्जेक्शन

लगते हैं। आम आदमी अपने सेक्सुअल मामले, अतीत और भविष्य का कार्यक्रम छुपाकर नहीं रखता। लोग मौसम से नहीं डरते। चाँदवालों के हाथ में रेखाएँ नहीं होतीं और जन्मपत्री नहीं बनाई जाती। विशेषज्ञ निकृष्ट कोटि के व्यक्ति माने जाते हैं और बहुविद् व्यक्ति सम्मान पाता है। जनता भाषण देती है, जिसे नेता चुपचाप सुनता है और उसके अनुरूप कार्य करता है। मुखौटों, बैसाखियों और चमचों का चलन नहीं है। लोगों के चेहरों पर बाल नहीं उगते, अतः ब्लेड नहीं बिकते। उन लोगों के पास इतने बड़े यन्त्र हैं कि वे सभी ग्रहों के विषय में विस्तार से जानकारी प्राप्त कर लेते हैं। चाँदवालों ने बातचीत में नेताजी को बताया कि उनके भारत में शीघ्र ही आम चुनाव होनेवाले हैं, तो नेताजी सुनकर चौंक गए। फिर उन्होंने हिसाब लगाकर बताया कि अभी आम चुनाव में दो वर्ष की देर है। इस पर चाँद का एक वैज्ञानिक हँसा और बोला, ''जी नहीं, शायद आप नहीं जानते कि चाँद का एक दिन पृथ्वी के एक वर्ष के बराबर होता है। अब तक पृथ्वी के कैलेण्डर में दो वर्ष बीत चुके।''

''ऐं !'' सभी मानो आसमान से नीचे गिर पड़े।

''जी हाँ।''

''अरे भाई साहब, हम तो लुट गए ! आप क्या कह रहे हैं ! मुझे हमेशा के मुताबिक इस बार भी चुनाव में खड़ा होना है, कांग्रेस से टिकट लेना है, क्षेत्र का दौरा करना है। ऐसी-तैसी इस चाँद की ! चलो भई, उठाओ सामान !''

अफसर भी चिन्तित था। अगर दो साल हो गए तो उसके प्रमोशन का वक्त आ गया था। वैज्ञानिक ने एक अमरीकी विश्वविद्यालय में स्कॉलरशिप का डौल जमाया था, जो दो साल बीत जाने पर गल सकता था। चपरासी को अपनी बिटिया का ख्याल आया, जो अब पन्द्रह वर्ष की हो गई होगी। उसकी शादी करनी है।

वे सभी अन्तरिक्षयान की ओर भागे।

''तुम तो जानते हो मेरे चुनाव-क्षेत्र की हालत। राठौड़ का ग्रुप अपना असर जमाना चाहता है। इन दो सालों में उसे बड़ा मौका मिल गया होगा। मन्त्रिमण्डल में भी मेरे शत्रु कम नहीं, पता नहीं मेरा विभाग किसे दे दिया गया होगा। इन लोगों ने मुझे चाँद पर भेजकर मेरा पोलिटिकल कैरियर नष्ट करना चाहा है। अगर ऐसा हुआ तो मैं कांग्रेस छोड़ दूसरी पार्टी में चला जाऊँगा।''

''नहीं साहब, कैरियर तो अब आपका शुरू हुआ है। आपके तो बड़े चान्स हैं,'' अफसर ने उन्हें मक्खन लगाते हुए कहा।

अन्तरिक्षयान तेज़ी से पृथ्वी की तरफ बढ़ रहा था । एकाएक नेताजी अफसर से बोले, ''क्यों यार, अगर पृथ्वी पर हमारे दो वर्ष बीत चुके हैं तो हम अपनी यात्रा का भत्ता भी दो वर्ष का ही लेंगे । क्या ख्याल है ? ज़रा हिसाब तो लगाओ ।''

अफसर हिसाब लगाने लगा । प्रति किलोमीटर यात्रा भत्ते की दर से पृथ्वी और चाँद के बीच दूरी का गुणा कर उसे डबल किया, जो 9,52,000 किलोमीटर निकला । फिर उसमें डेली भत्ते की दर से दो साल की रकम जोड़ी । काफी बड़ी रकम बन गई थी ।

''अरे ! इससे तो पूरा चुनाव लड़ लूँगा ।'' नेता झूम उठे । फिर अफसर, वैज्ञानिक और चपरासी ने भी भत्ते का हिसाब लगाया ।

पृथ्वी पर, यानी अपने प्यारे और लाभदायक भारत की पवित्र भूमि पर उतरने के उपरान्त जब पत्रकारों के एक जिज्ञासु गुच्छे ने नेताजी से प्रश्न किए तब उन्होंने स्पष्ट कहा, ''चाँद पर जाने से कोई फायदा नहीं । उन कम्बख्तों से न उधार मिल सकता है, और न किसी किस्म की मदद की उम्मीद है । ये तो बड़े देशों के चोंचले हैं ! अगर हम विकसित देश हो गए तो पिछड़े होने के सारे मुक्त लाभों से वंचित हो जाएँगे । मैं सरकार को स्पष्ट सलाह दूँगा कि वे बजाय चाँद के मुझे अमरीका भेजा करें ।''

कहना न होगा कि नेता महोदय के इस ऐतिहासिक बयान के आधार पर ही बाद में भारत सरकार ने चाँद सम्बन्धी अपनी नीतियाँ घोषित कीं, जिनके अन्तर्गत चाँद पर कविताएँ लिखने के अलावा अन्य प्रयासों को राष्ट्रीय हित के विरुद्ध करार दिया गया ।

प्रेम-कथा : प्रपत्र शैली

❊ ❊ ❊

नायक का नाम—श्यामबिहारी शर्मा। कॉलेज में—श्याम शर्मा। (चुनाव के समय नारा था—श्याम प्यारे को वोट दो !) ताऊजी के क्रोधित स्वरों में—श्याआआम। माताजी की बीमार आवाज़—श्यामू। पड़ोस की लड़की बिन्नी के शब्दों में (बिन्नी के विवाह के पूर्व जिससे एकाध प्रेमपत्र का आदान-प्रदान हुआ था)—श्याम भाई साहब ! परम मित्र वह पतली मूँछों वाला दुबे नाम नहीं लेता, सिर्फ कहता है—श्रीमान या माननीय, गुरु, भाई साहब आदि।

नायक के पिता का नाम—पिता पिता होते हैं, नाम कुछ भी हो, इससे फर्क नहीं पड़ता। श्याम शर्मा के पिता भी एक रुटीन किस्म के पिता हैं। शर्माजी के नाम से मुहल्ला परिचित है।

नायक का हुलिया—(बतर्ज : गुमशुदा की तलाश)—गेहुँआ रंग (अमरीकी गेहूँ नहीं), ठोड़ी पर एक हाय दैया किस्म का मस्सा, समय पर नाई न मिल पाने के कारण अक्सर लम्बे बाल, एक आँख पुराने मराठी नाटकों के हीरों की तरह थोड़ी दबी हुई। प्रायः नीले पैण्ट में। उम्र बाईस वर्ष (गवाह के रूप में मैट्रिक का प्रमाण-पत्र)।

कद—4 फुट 11 इंच।

सीना—34 इंच (जब सड़क पर निकलते हैं)। 33½ इंच (जब देर रात घर में घुसते हैं)

कमर—32 इंच।

वज़न—126 पौण्ड (इन्दौर प्लेटफार्म पर रखी मशीन के अनुसार। टिकट के

पीछे लिखा था—आप सौभाग्यशाली व्यक्ति हैं, क्योंकि आप आत्मनिर्भर रहना पसन्द करते हैं)।

आँखें—सामान्यतः तेज़। प्रेमिका को एक फर्लांग से और अन्य लड़कियों को साठ गज़ से पहचान लेते हैं।

शैक्षणिक योग्यता—बी. ए. (फाइनल)। अक्सर कहा करते हैं, यार, हम तो हिस्ट्री लेकर पछताए। पास हो जाने के प्रति आश्वस्त। प्रथम श्रेणी लाने के सिद्धान्तः विरोधी। मूल पुस्तक के बजाय नोट्स पढ़ने में विश्वास करते हैं। कबीर के कुछ दोहे, तुलसी की कुछ चौपाइयाँ मुखाग्र हैं। जब मौका लगता है, उपयोग करते हैं। जिस कक्षा में लड़कियाँ होती हैं, अपने इण्टेलिजेण्ट होने का आभास देते हैं। लड़कियों के पीछे बैठकर सुघड़ पीठ कटे हुए ब्लाउज़ से दिखनेवाला गर्दन के नीचे का भाग देखते हुए मार्शल की थियरी समझने की चेष्टा करते हैं।

नायिका का नाम—सुश्री सुषमारानी भाटिया। सहेलियों में सुर्री या सुषमा चुड़ैल (बड़ी अपने को माला सिन्हा समझती है)। विशारद की परीक्षा के दिनोंप्राचीन पद्य पढ़ानेवाले 'दुखित' जी ने कहा था—सुषी...सूऊ...पीई ('ष' षट्कोण का)।

नायिका का हुलिया—थोड़ी समझ आ जाए तो राजेन्द्र यादव की कहानी की हीरोइन हो सकती है। यों वर्तमान स्थिति में कृश्न चन्दर के लिए उपयोगी। गली में कुल दस-गयारह घर हैं, जिनमें सबसे सुन्दर। (गली का पता नहीं बताऊँगा)। बदन भरा-भरा, यानी उभरा-उभरा।

कद—4 फुट 4 इंच।

सीना—36 इंच (लेखक का उदार अन्दाज़)।

कमर—35 इंच (जो भी स्थिति है, प्रस्तुत है)।

आयु—सतरह बसन्त और सोलह पतझड़ गुज़र गए। प्रमाण मैट्रिक का सर्टिफिकेट और गली के नुक्कड़ पर खड़े लड़कों की आहें।

केश—बीसियों तेल डाले पर कमर तक नहीं पहुँच गए। आजकल रूखे।

आँखें—प्रत्येक सवा इंच लम्बी। पड़ोस के लड़के जब गाते थे—'तेरे नैना मतवाले'—जाने क्यों सुषमा जी को लगता था, मुझपर ही गा रहे हैं।

शैक्षणिक योग्यता—बी. ए. (द्वितीय वर्ष)। अभी तक फेल नहीं हुई। विशारद कर चुकीं। साहित्य से प्रेम। मीरा, साहिर लुधियानवी और नीरज की भक्त।

कहानी का स्थल—इन्दौर, मध्य प्रदेश।

नागरी प्रचारिणी सभा द्वारा प्रकाशित हिन्दी विश्वकोश, प्रथम भाग, पृष्ठ 454

पर दी जानकारी के अनुसार—यह नगर खान (शिप्रा की सहायक) तथा सरस्वती नदियों के संगम पर बम्बई से 440 मील दूर उत्तर-पूर्व में स्थित है। अक्षांश 22 डिग्री उत्तर और देशान्तर 75 डिग्री 54'' पूर्व। समुद्र की सतह से 1738 फुट की ऊँचाई पर 5 वर्गमील में बसा है। (प्रेम की खेती के लिए इतने एकड़ ज़मीन काफी हैं)।

मिलन का समय—सवा गयारह, तीखा ('शार्प' का अनुवाद)।

वातावरण—लिखी हुई धूप।

मूड—अभी सिगरेट पी लेने के कारण ठीक। और सुषमारानी नए खन के ब्लाउज़ के फिटिंग पर स्वयं मुग्ध (पौन वार का टुकड़ा सवा तीन रुपएं)।

मिलन की प्रतिक्रिया—नरवस सिस्टम पर हल्के मीठे प्रभाव !

प्रथम उद्गार—हलोऽऽ !

उद्गार करनेवाला—श्यामबिहारी शर्मा।

अन्य वार्त्तालाप—(यहाँ लेखक प्रेमचन्द जी की सलाह मानता है। 'राम-नमस्ते', 'श्याम-नमस्ते', 'तुम कहाँ जा रहे हो ?' 'मैं मन्दिर जा रहा हूँ।' 'तुम कहाँ जा रहे हो ?' 'मैं मन्दिर जा रहा हूँ।'—के स्थान पर यह कहना उचित है कि 'परस्पर अभिवादन कर राम और श्याम ने मन्दिर की राह ली')।

परस्पर आँखें मिला सुषमा और श्याम शर्मा ने रेस्तराँ की राह ली।

वार्त्तालाप के समय मनस्थितियाँ—पहले पाप के रोमांचक भाव दोनों के मन में। तथाकथित लज्जा से लोफरपन का मधुर मिलन। 'लोक लाज खोयी' किस्म के शहीदाना विचार। मात्र ढाई फुट की दूरी से नज़रें मिलना अपने-आपमें उपलब्धि, अतः क्षण की ऐतिहासिक महत्ता का पूरा-पूरा एहसास। अकारण हँसी और अर्थहीन वाक्य। किसी परिभाषा से बौद्धिक नहीं।

खाली स्पेस के बाद कहानी में नया वातावरण।

समय—उसी शाम।

स्थान—छावनी की सड़क।

पात्र—श्याम शर्मा और पतली मूँछोंवाला दुबे।

प्रसंग—सुबह (सवा ग्यारह, तीखा) वाली घटना। लहजा इन्दौरी—तत्त्व कम, वार्त्तालाप अधिक।

श्याम शर्मा—मैं तो जा रहा था कि कोई नाई की दुकान मिले तो कटिंग

कराऊँ, पर वह कहते हैं ना कि 'कर्त्ता के मन कछु और है और दाता के कछु और' तो भाई साहब महात्मा गांधी रोड पर, अग्रवाल स्टोर के बाजू में सुषमारानी भाटिया खड़ी थी। पहले तो मैंने सोचा कि कट मारकर जेल रोड से निकल जाऊँ, मगर 'विनाशकाले विपरीत बुद्धि !' क्या करें ! बढ़ गए सीधे। हुआ यह कि मैं अपनी पॉलिसी तय करूँ उसके पहले उसने मुझे देख लिया। मैंने सोचा, यार जब ज़ालिम ने देख ही लिया है तो 'रिस्पॉन्स' देना पड़ेगा। सो मैं मुस्कराया। अब डर यह कि मैं मुस्कराऊँ और वो नहीं मुस्कराए तो श्रीमान अपनी पोज़ीशन खराब होती है। मगर आपकी कृपा और गुरुजनों के आशीर्वाद से वह भी मुस्कराई।

दुबे–(विद्वत्तापूर्ण चिन्तन की मुद्रा में)–ज्ञानियों ने ठीक ही कहा है, 'हँसी सो फँसी।'

श्याम शर्मा–और गयारह बजे का वक्त भाई साहब ! लड़की की जात तब यों ही शबाब पर रहती है, क्योंकि नल साढ़े दस तक बन्द हो जाते हैं और तब तक वह नहा लेती है। मैंने आव देखा न ताव और फौरन मन ही मन में शे'र दुहराया 'हाय तेरी काफिर जवानी जोश पर आई हुई' वाला। हालाँकि शे'र पुराना है, मगर मज़ा दे गया। वक्त की बात है श्रीमान।

दुबे–बड़े अफसोस की बात है, आपको वह शे'र क्यों नहीं याद आया जो मैंने सुनाया था 'यही कोई पन्दह या सोलह का सिन, जवानी की रातें मुरादों के दिन' वाला।

श्याम शर्मा–उसकी एनाटॉमी पर फिट नहीं बैठता यह शे'र आपका। याद करने का सवाल ही नहीं।

(पाठकों के लिए उचित होगा कि एनाटॉमी के सन्दर्भ में प्रारम्भ में दिए हुलिया सम्बन्धी आँकड़े फिर से देख लें।)

दुबे–मैं सहमत नहीं श्रीमान, परिप्रेक्ष्य बदलिए तो शे'र बराबर फिट बैठेगा। साहित्य स्वयं दृष्टि देता है।

श्याम शर्मा–साहित्य अवश्य दृष्टि देता है, मगर शाम के पाँच बजे के बाद देता है। दिन को गयारह बजे भाई साहब आपकी अपनी दृष्टि से काम चलाना पड़ता है।

दुबे–खैर, फिर क्या हुआ ?

श्याम शर्मा–फिर क्या, मुस्कराई। अब मुस्कराई तो मैंने सोचा, यार मुस्करा तो रही है मगर पास जाएँ और पलटी मार दे, 'हलो' कहो और जवाब बोल के

नहीं दे तो इन्सान ने क्या करना ? और कैसा करना ? रिस्क आ गई सामने। सोचा, यार ज़रा इसे 'हलो' बोल के तो देखा। फिर क्या, मैंने रिस्क ले ली श्रीमान।

दुबे—ठीक किया अपने। इन्सान मौका चूकता है, तो बाद में खामोखाह विलाप करता है और सीन बिगड़ता है।

श्याम शर्मा—मैंने 'हलो' कहा। और जवाब में उसने क्या कहा, पता है ? उसने भी कहा 'हलो।'

दुबे—यही उम्मीद भी थी।

श्याम शर्मा—और वह हलो कोई ऐसा-वैसा 'हलो' नहीं था, जो मैंने कहा।

दुबे—मतलब नहीं समझा श्रीमान का।

श्याम शर्मा—दुबे जी, आप मौके की नज़ाकत को समझिए। आप ऐसे वक्त मुझसे यह उम्मीद तो नहीं करते कि मैं एक साधारण टेलीफोन वाला 'हलो' बोलूँगा। नहीं। मैंने 'ह' को थोड़ा दाबा और 'लो' को लम्बा खींचकर ले गया। 'लो' में थोड़ा माधुर्य और थोड़ा प्रेम मिलाना आवश्यक था। लड़की पहन-ओढ़कर घर से निकली है और प्रभावित करना माँगती है। भाई साहब, मैं प्रभावित हो लिया। और कहना न होगा कि अभी तक हूँ।

दुबे—भई, इस हाथ दे उस हाथ ले की मसल है। लड़की उसीका रोब मानती है, जो उसका रोब मानता है। तू मुझको परी बोल, मैं तुझको राजकुमार बोलूँ।

श्याम शर्मा—आपको पता नहीं, आप बहुत अच्छा वाक्य बोल गए।

दुबे—मुझे पता है। इस सप्ताह में मैंने पाँच-छह अच्छे वाक्य बोले हैं। कभी अवसर मिला और आपने समय दिया तो आपको सुनाऊँगा।

श्याम शर्मा—मेरा सौभाग्य होगा श्रीमान।

दुबे—अब विषयवस्तु को आगे बढ़ाइए।

श्याम शर्मा—जी हाँ। तो मैंने हलो के 'लो' में माधुर्य मिला के खींचा और उसका असर भी हुआ। असर यह कि उसने जवाब दिया। मगर मैंने माधुर्य की पॉलिसी को बदलना उचित समझा। चाय के लिए प्रस्ताव साधारण रूप से मार दिया। कुछ यों कि पीती हो तो पी और नहीं पिए तो छुट्टी कर। पीछे-पीछे चली आई श्रीमान आपके सेवक के।

दुबे—एकान्तवास होना। थोड़ा एकान्तवास ज़रूर होना। बगीचे में हो, कॉफी हाउस में हो, कहीं हो, पर प्रेम के मामले में थोड़ा एकान्तवास होना।

श्याम शर्मा—कलेजे पर पत्थर रखकर और सुनो एक खुशखबर।

दुबे–शर्मा जी, आपके नाम का एक स्थायी पत्थर कलेजे पर रख रखा है मैंने। आप कहें एक और रख लूँ।

श्याम शर्मा–घर आने का निमन्त्रण दे गई है।

दुबे–इष्ट मित्रों सहित··· !

श्याम शर्मा–जी नहीं। सिर्फ मुझे जाना है।

दुबे–कब जा रहे हैं आप ?

श्याम शर्मा–नीला पैण्ट ड्रायक्लीन हो जाए।

प्रकृति वर्णन–साँझ गहरा गई है। दिन-भर उमस-सी थी। शाम एक बदली ने सब कुछ ढक-सा दिया। अच्छा-सा लगने लगा। मन करता था, बदली बरस जाए।

किसका मन करता था–सुषमारानी भाटिया का।

कारण एवं मनोदशा–वह छत पर चढ़ी हुई बड़ी देर तक कुछ न कुछ देखती रही। नीचे जाना चाहकर भी नहीं जा रही थी। बार-बार श्याम (बाबू) याद आ रहे थे। वह भुलाने का यत्न करती, पर भुला नहीं पाती। इधर कुछ दिनों से दिखे नहीं। घर पर भी नहीं आए। कुछ खोये-खोये रहते हैं। आज लायब्रेरी से निकल रही थी तो सहसा सामने पड़ गए। वह चौंक-सी गई थी। वह कुछ नहीं बोला। वह भी नहीं बोल सकी। अभी लगता है कि वह कहीं आ जाए। उसकी सायकिल की घण्टी की आवाज़ वह पहचान जाती है। पर अभी घर के नीचे कोई घण्टी नहीं बज रही। वह नीला पैण्ट ! वह याद करने लगी। आसमान इस गहराती हुई शाम में कुछ ज़्यादा नीला लग रहा था।

रोमांस के क्षण–कुल 4225 क्षण अर्थात् एक घण्टा दस मिनट पच्चीस सेकण्ड।

स्थान–सुषमा जी का स्टडीरूम।

वातावरण–परिवार के जन अनुपस्थित। छोटे भाई की उपस्थिति नगण्य। 'तुम्हारी परीक्षाएँ आ रही हैं, पढ़ते क्यों नहीं'–इतनी डाँट पर सम्पूर्ण गतिविधियों पर विराम।

(1)

वार्त्तालाप–आज तुम बहुत अच्छी लग रही हो !

हिश् !

कसम से।

(2)

हाथ छोड़िए !

नहीं छोड़ूँगा ।

मैं रो दूँगी ।

रो दो । एक बार रो दो ।

मैं रोऊँगी तो क्या आपको अच्छा लगेगा ?

सुषी ! (ष षट्कोण का)

(3)

मैं तुम्हारा हूँ

........................!

मैं तुम्हारा हूँ सुषमा ।

श्याम !

सुषी ई ! (ई, ईश्वर का)

प्रतिक्रिया–(नायक पर)

दुबे जी, बस यह समझो कि जितने भी उपन्यास, कहानियाँ, कविताएँ बाँचने का मौका पड़ा, सब एक घण्टे में काम आ गए। बिलकुल अँग्रेज़ी पिक्चर का सीन खड़ा कर दिया श्रीमान।

(नायिका पर)

सब सो गए हैं और मैं तुम्हें पत्र लिख रही हूँ। क्यों लिख रही हूँ, नहीं जानती। उस शाम तुम आए और चले गए, पर इस एक घण्टे में मेरा जीवन कितना बदल गया ! तब से अब तक मैं उसीकी याद में खोई हुई हूँ। क्या वह सब सपना था ? नहीं, वह सपना नहीं था।⋯आदि-आदि इत्यादि।

एक वक्तव्य हीरो के बाप का–

इसलिए पढ़ाया-लिखाना था कि बड़े होकर अपने बाप की नाक कटवाएँ। हम समझते थे कि साहबज़ादे पढ़ने जा रहे हैं, मगर नहीं, वे तो ऐश फरमाने जा रहे थे। शादी करेंगे तो सुषमा से करेंगे, कहते हुए शर्म नहीं आई। अरे, अभी तो हम ज़िन्दा हैं। हम मर जाएँ, फिर घर में नाच नचवाना। कोई कहने-सुननेवाला नहीं रहेगा। जब तक हम हैं, यह सब नहीं चलेगा। खबरदार जो उस लड़की का नाम आगे से लिया। इस घर में पैर नहीं रखने दूँगा।

और एक वक्तव्य हीरोइन की माँ का–

मैं यही तो कहूँ कि ये शाम को बन-सँवर के जाती कहाँ है ! उस गुण्डे के पास। घर पर आता था तो कैसा शरीफ बनता था ! और यह चुड़ैल भी कहती थी, माताजी बहुत भला है। इसे क्यों नहीं भला लगेगा ! ब्याह रचाने की जो सोच रखी थी। मैं कहती हूँ, तू पैदा होते से क्यों नहीं मर गई। आज मुँह दिखाने लायक नहीं रखा।

आवाज़ हीरो की—अब तुम बताओ दुबे, मैं क्या करूँ ? यह निष्ठुर समाज···।

आवाज़ दुबे की—आप अपना स्वास्थ्य ठीक रखें श्रीमान।

शर्मा की—मगर क्यों ! जब सारा समाज अस्वस्थ है तो मैं ही क्यों स्वस्थ रहूँ।

दुबे की—इसलिए कि वे ही अच्छे प्रेमी अन्ततः सिद्ध होते हैं, जिनका स्वास्थ्य अच्छा हो।

शर्मा की—आप दुबे जी फिर अच्छा वाक्य बोल गए।

दुबे की—यह अच्छे वाक्यों का युग है।

ये अच्छे वाक्य कहाँ बोले जा रहे थे—दुबे जी के घर पर।

बोलनेवालों की हालत क्या थी—गरम भजिए खा रहे थे।

बोलनेवालों का मूड़ कैसा था—जैसा प्रायः भजिए खाते समय लोगों का रहता है।

शर्मा—आप मुझे मार्गदर्शन नहीं दे रहे, दुबे जी ?

दुबे—मार्ग आपने स्वयं चुना है, स्मरण करें।

शर्मा—समाज मुझे उस मार्ग पर जाने नहीं देता।

दुबे—समाज से आपका तात्पर्य अपने पिताजी से है ?

शर्मा—जी हाँ। और सुषमा की माताजी से भी।

दुबे—बस, तो आप नए समाज की रचना में जुट जाइए।

शर्मा—कैसे ?

दुबे—स्वास्थ्य अच्छा रखिए।

शर्मा—मैं क्या करूँ ?

दुबे—और भजिए लीजिए।

शर्मा—उफ् !

दुबे—तो शादी क्यों नहीं कर लेते श्रीमान ?

शर्मा—जानते हैं, शादी का क्या नतीजा होगा ?

दुबे–नई पीढ़ी।

शर्मा–यह बाद की बात है। शादी का अर्थ होगा परिवार से सम्बन्ध- विच्छेद।

दुबे–शादी से परिवार बनता है श्रीमान, टूटता नहीं।

शर्मा–आप पुनः अच्छा वाक्य बोल गए।

(पर समस्याएँ अच्छे वाक्य बोलने से सुलझतीं तो डायलॉग लिखने- वाले मसीहा हो जाते। ऐसा नहीं होता। यह प्रपत्र एक कहानी का है, किसी रेडियो नाटक की बात होती तो हीरो के लम्बे भावावेश भरे वक्तव्य के बाद दो मिनट तक काष्ठ-तरंग बजा लेखक समस्या को सुलझा देता। ऐसा नहीं है।

यह कहानी है जिसमें रुहीन हीरो, ठेठ हिन्दी के ठाठवाली हीरोइन और साहित्य की अमर परम्परा से प्राप्त पिताजी हैं। इस कहानी का कोई भी अन्त हो सकता है, क्योंकि ऐसी घटनाओं के अलग-अलग तरह के अन्त होते हैं। अतः लेखक अपने पाठकों के लिए निम्नलिखित अन्त इस कहानी के सुझा रहा है। जिस पाठक को जो अन्त रुचे उसपर निशान लगाकर शेष को छाँट दे।–लेखक)

(1) नगर में किसी सन्त-नेता का आगमन। हीरो के पिता और हीरोइन की माता का हृदय परिवर्तन। विवाह के लिए स्वीकृति।

(2) किसी विदेशी राज्य द्वारा भारत के पवित्र सीमान्त पर आक्रमण। हीरो का फौज में सेकण्ड लेफ्टिनेण्ट बनना। घायल अथवा शहीद हो जाना। हीरोइन द्वारा अन्त में आसमान का देखा जाना।

(3) हीरो की किसी फर्म में बड़ी नौकरी। शादी कर लेना। बाद में यह देख कि बेटा काफी कमा रहा है, पिताजी की नाराज़ी दूर करना। हीराइन का पक्की बहू हो जाना।

(4) हीरोइन का किसी लखपती से शादी कर हीरो को भुला देना। हीरो द्वारा सामान्य क्लर्की कर लेना। कभी-कभी याद करना।

(5) 'इस जन्म में नहीं तो अगले जन्म में अवश्य मिलेंगे'–यह कार्यक्रम निश्चित कर दोनों का ज़हर खा लेना।

(6) दोनों का बम्बई भाग जाना और शादी कर लेना। दोनों को फिल्म में नौकरी। फ्लैट, कार आदि।

(7) दोनों का विवाह कर लेना और घर से निकाले जाना। बाद में पिताजी द्वारा यह समाचार सुनने पर कि उन्हें पोता हुआ है, क्रोध शान्त होना और बेटे-बहू को स्वीकार कर लेना।

[कहानी के सात अन्तों में जिन पाठकों ने जिस क्रमांक पर निशान लगाया है, उन पाठकों की प्रवृत्तियाँ निम्न अनुसार हैं—(1) आदर्शवादी, (2) राष्ट्रवादी, (3) दक्षिणपन्थी, (4) वामपन्थी, (5) आस्तिक, (6) नास्तिक, (7) मानवतावादी।]

•••

www.ingramcontent.com/pod-product-compliance
Lightning Source LLC
LaVergne TN
LVHW091511170726
843492LV00001B/447

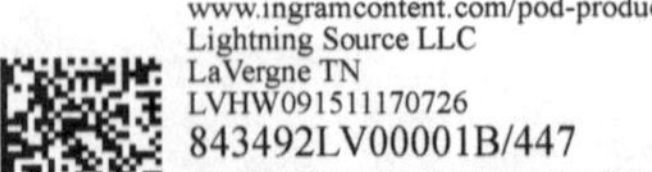